PIPPA ROSCOE

La promise piégée

Traduction française de
ALEXANDRA TEISSIER

AZUR

HARLEQUIN

Collection : Azur

Titre original :
TAMING THE BIG BAD BILLIONAIRE

HARPERCOLLINS FRANCE
83-85, boulevard Vincent-Auriol, 75646 PARIS CEDEX 13
Service Lectrices — Tél. : 01 45 82 47 47 - www.harlequin.fr
ISBN 978-2-2804-4825-3 — ISSN 0993-4448

Composé et édité par HarperCollins France. Achevé d'imprimer en février 2021.
par CPI Black Print - Barcelone - Espagne
Dépôt légal : mars 2021.

FSC www.fsc.org
MIXTE
Papier issu de sources responsables
FSC® C159065

Pour limiter l'empreinte environnementale de ses livres, HarperCollins France s'engage à n'utiliser que du papier fabriqué à partir de bois provenant de forêts gérées durablement et de manière responsable.

1.

D'ordinaire ce n'était pas une odeur de terre et d'écorce humide qui lançait la journée de Roman Black, mais plutôt les arômes d'un café, aussi puissant et amer que sa soif de vengeance. Il avait pour habitude de fouler aux aurores les épais tapis de son bureau, et non ce fouillis de feuilles et de bois mort crissant sous ses pas…

Les craquements lui écorchaient les oreilles. À croire que son approche furtive le rendait gauche. Si un défaut lui manquait pourtant, c'était bien la maladresse, lui qui calculait avec soin ses moindres faits et gestes, ses moindres décisions, en fonction d'un objectif et un seul, qu'il touchait du doigt aujourd'hui, enfin !

Devant lui trottait Dorcas, qu'il venait d'adopter en vue de son séjour ici, en Occitanie française. La chienne s'arrêtait parfois pour jeter un regard curieux à son nouveau maître ou débusquer un trésor invisible au pied d'un grand arbre.

Douze heures plus tôt, Roman avait reçu l'information qu'il attendait – sa proie avait quitté une fête dans la banlieue moscovite pour retourner en France auprès d'une parente souffrante. Neuf heures plus tôt, il avait lui-même débarqué dans le sud de ce pays et pris ses quartiers dans une petite villa à cinq kilomètres d'ici. Il s'était ensuite présenté dans un refuge en quête d'un compagnon à quatre pattes. Quoi de plus menaçant qu'un homme rôdant seul dans les bois ? A fortiori un type de sa stature. Or, il devait paraître inoffensif. Il penchait au départ pour une petite boule de poils, afin de communiquer à sa proie un sentiment de sécurité, seulement ce lévrier irlandais, ni petit ni poilu, le regardait fixement depuis sa cage… La pensée de cette splendide créature piégée à vie derrière des barreaux l'avait révulsé.

Pendant cette première reconnaissance de la forêt dans laquelle il croiserait bientôt sa proie, demain peut-être, ou après-demain, Roman s'autorisa à imaginer le moment où il tiendrait sa victoire. Où enfin, presque vingt ans après, il obligerait le vieux salaud à payer pour ce qu'il avait fait.

Une douce euphorie l'envahit. Ce moment touchait au sublime, car son plus cher désir était à sa portée et, en même temps, susceptible de lui échapper à tout moment… Perdu dans cette délicieuse rêverie, il capta soudain un mouvement entre les arbres et s'arrêta net.

Son souffle se bloqua. Elle était là devant lui, à quelques mètres. Sa proie. Elle traversait la forêt à cette heure indue, comme sortie tout droit des pages du conte préféré de sa mère. Sa robe de soirée noire se devinait sous sa cape de velours écarlate entrebâillée, dont le capuchon avait basculé, révélant la courbe pâle d'un cou gracile encadré de mèches blondes échappées d'un chignon. Elle était d'une beauté exquise. Roman le savait déjà, bien sûr, mais rien, ni les photographies ni les recherches exhaustives menées par son équipe, ne l'avait préparé à l'effet que lui fit l'apparition de la demoiselle en personne.

Le cœur battant, Roman scruta ses traits sans trouver un seul défaut dans ce visage à l'ovale parfait, ces pommettes hautes, ces sourcils arqués sur deux grands yeux couleur de bleuet. Une onde de désir déferla dans ses veines, aussi violente qu'inopportune. Il maudit cette faiblesse inattendue chez lui. Les bras délicats serrés sur la cape semblaient presque vulnérables. Il se surprit à hésiter un instant à s'en tenir là pour aujourd'hui avant de tourner les talons. Cependant il savait qu'il n'en ferait rien.

À vingt-trois ans, elle avait un air incroyablement

ingénu, sans aucune trace des épreuves que la vie lui avait déjà infligées à lui au même âge. Était-ce crédible, chez la petite protégée d'un monstre tel que Vladimir Kolikov ? Non, sûrement pas. Cette apparente innocence n'était que l'habillage sophistiqué d'une chose et d'une seule.

La clé de sa vengeance.

Épuisée, Ella avait à peine conscience de l'endroit où elle posait les pieds. Dieu merci, les nombreux étés passés à arpenter les bois autour de la chaumière de sa grand-mère avaient gravé le chemin dans son corps.

Sa grand-mère… L'inquiétude et le chagrin lui tordaient le cœur avec cruauté. L'appel était arrivé au beau milieu de la soirée d'anniversaire organisée par l'ambassadeur de Grande-Bretagne à Moscou. Claudette avait été trouvée inconsciente chez elle, au pied de l'escalier, et transportée à l'hôpital. La tête vide sous l'effet du choc, Ella n'aurait su que faire sans son tuteur, qui avait tout organisé pour elle. Taxi jusqu'à l'aéroport, puis vol en jet privé pour arriver ici, près de Limoux. Un second taxi l'attendait à l'aérodrome pour la conduire directement à l'hôpital.

Si le personnel soignant s'était étonné de son apparition en robe de soirée et cape rouge, ces remarques lui avaient été épargnées au moment du diagnostic. Des fractures de la hanche et de l'épaule, et plus inquiétant lui avait-on dit, un choc reçu à la tête. La terminologie médicale complexe, qui mettait à mal sa maîtrise pourtant courante du français, lui avait donné envie de secouer le médecin pour lui faire dire à tout prix que sa grand-mère allait se remettre, mais après plus de treize heures d'hospitalisation Claudette n'avait toujours pas repris connaissance. Sur le conseil des infirmières, Ella l'avait quittée à regret pour aller prendre un peu de repos. Et se changer ! Si elle était un peu échevelée en arrivant, Dieu sait de quoi elle avait l'air maintenant…

En demandant au taxi de la déposer de l'autre côté du bois, elle n'avait pas pensé une seconde à sa tenue. Elle tenait simplement à emprunter ce sentier jusqu'à la petite maison de sa grand-mère, un sentier qui lui semblait douloureusement familier et en même temps mystérieux, presque méconnaissable au petit matin. Sa cape comme sa robe traînaient sur le sol détrempé, accrochaient épines et rameaux au passage et pesaient de plus en plus lourd.

Elle finit par s'arrêter carrément, se retenant d'arracher cette fichue cape de ses épaules, et refoula une envie de gémir, de pousser un cri libérateur et d'éclater en sanglots, le tout en même temps. À la place, elle s'obligea à inspirer puis à souffler lentement, profondément. Elle avait presque recouvré ses esprits lorsqu'elle entendit craquer une branche. Les poils se dressèrent sur ses bras dans la fraîcheur de l'aube. Elle frissonna, jeta un coup d'œil derrière elle et crut déceler une ombre parmi les feuillages denses. Au premier pas qu'elle fit dans cette direction, elle vit étinceler deux yeux jaunes braqués sur elle. Avant qu'elle ait eu le temps de détaler, la bête émergea des fourrés et couvrit en trois bonds la distance qui les séparait. Ella ferma les yeux, tétanisée.

— Assis, Dorcas !

Ella entrouvrit les paupières.

La bête au museau de loup avait marqué l'arrêt à un souffle d'elle, assise sur ses pattes arrière, langue pendante, frétillante et fière d'avoir débusqué un trésor pour son maître. Un rire nerveux de soulagement la secoua. Il s'étrangla net à la vue du maître en question qui s'avançait à son tour.

Très grand, mince, svelte, la démarche souple, presque gracieuse, il capta son regard et ne le lâcha plus. Le cœur d'Ella se remit à cogner fort dans sa poitrine Avec ses yeux d'un bleu étonnant, clair, tirant sur le jaune, et ses cheveux un peu longs qui lui tombaient sur le front, il semblait lié à l'animal assis devant elle par une parenté surnaturelle. Et puis, ces lèvres pleines, ni trop fines ni trop charnues… Se révéleraient-elles aussi parfaites au toucher ? se demanda absurdement Ella, fascinée par la vision qui s'offrait à elle. Quelle force, dans ces pommettes saillantes, cette mâchoire taillée à la serpe ! Son regard glissa vers le col ouvert de la chemise en lin gris dépassant d'un pull bleu sombre et se fixa sur le creux de la gorge de l'inconnu. Son pouls s'accéléra encore. Jamais un homme ne lui avait fait un tel effet. Une pensée incongrue la traversa soudain.

Cet homme me brisera le cœur.

C'était grotesque ! Ella secoua énergiquement la tête. L'homme stoppa net. Rassurée, elle en profita pour aspirer une bouffée d'air. En dépit de sa carrure imposante, il n'émanait rien de menaçant chez lui.

— Désolé pour Dorcas. Dès que nous croisons quelqu'un, elle devient tout excitée.

Au son de sa voix, la chienne étendit son corps incroyablement grand pour caler le museau contre la main d'Ella, qui la caressa distraitement. La fatigue lui embrumait l'esprit. Elle avait bien compris ce qu'il venait de dire, mais…

Du russe ! Il avait parlé en russe. Par quel hasard… ?

— Je suis désolé, répéta l'inconnu, en français cette fois.

Il esquissa un sourire d'excuse. Comme si cette étrange rencontre était sa faute, et non la sienne à elle, pour avoir voulu traverser le bois aux aurores habillée en… Oh ! Ella refoula un grognement.

— Nous pourrions continuer cette conversation en anglais, si vous le parlez. La journée a été longue, dit-elle avec un petit rire triste.

— Il n'est que 6 heures du matin. J'en déduis qu'elle a été *vraiment* longue.

Sous son regard inquisiteur, Ella se dit soudain qu'il pouvait facilement se méprendre sur les raisons de sa tenue. Elle sentait le froid la gagner maintenant sous cette cape détrempée. Elle avait faim aussi, et était épuisée. Pourtant les frissons traîtres qui la parcouraient n'étaient liés ni à l'humidité ni à la température…

— Où allez-vous ? demanda-t-il doucement.

— Chez ma grand-mère. La maison n'est pas loin, juste au bout du sentier.

La chienne vint se coller contre elle de tout son poids. Elle lui arrivait presque à la taille.

— Dorcas, gronda son maître.

Avec un jappement joyeux, la chienne s'affala aussitôt aux pieds d'Ella et lui présenta son ventre en quête de caresses.

— Arrête de flirter, Dorcas, dit son maître en fourrant dans la poche de sa parka la laisse qu'il tenait à la main.

Ella ne put s'empêcher de sourire. Une sensation bizarre, sur son visage crispé d'angoisse jusque-là. Elle se pencha pour caresser la bête et se mit à rire malgré elle. Dorcas s'était couchée sur la cape, la clouant sur place…

À la vérité, elle se sentait piégée surtout par le regard fixe de cet inconnu dont elle ignorait encore le nom.

— Vous avez perdu votre petit pot de beurre pendant la nuit ?

— Je… En fait, je participais à une soirée à Moscou lorsque j'ai appris que ma grand-mère ici avait été transportée à l'hôpital.

Cette réponse appelait des dizaines de questions. Les sourcils froncés, il lui posa la plus importante.

— Est-ce qu'elle va bien ?

— Je ne sais pas.

Une lueur d'inquiétude traversa ses yeux magnifiques avant qu'il se recompose une expression neutre.

— Et vous ? demanda-t-il.

Incapable de poser des mots cohérents sur le chaos de sensations qui tournoyait dans son corps, Ella se borna à secouer la tête.

— Nous allions dans la même direction que vous. Si notre compagnie vous convient… ?

Dorcas se redressa d'un bond élégant et joyeux comme pour ponctuer les paroles de son maître. Ella se surprit de nouveau à sourire.

— Avec plaisir, dit-elle, rattrapée subitement par la fatigue accumulée au fil des douze dernières heures.

— Roman, déclara-t-il, la main tendue.

— Ella.

Le contact de ses doigts lui fit l'effet d'une décharge électrique. Il posa l'autre main sur la sienne, et contre toute attente, loin d'être mal à l'aise, elle se sentit en sécurité.

Le court trajet s'effectua en silence. La compagnie de Roman lui procurait une sensation de paix assez inédite. En débouchant du bois, ils empruntèrent le chemin de terre menant à la maison de poupée qu'Ella aimait tant. Sa main caressa par réflexe un des murets en pierre maçonnée bordant la petite allée, comme à chacune de ses arrivées. En pilote automatique, elle s'avança vers la grande porte en bois et l'ouvrit sans hésitation – sa grand-mère ne la fermait jamais à clé. Puis elle précéda Roman et Dorcas à l'intérieur et s'immobilisa à la vue de l'escaliers, au pied duquel sa grand-mère était restée prostrée plusieurs heures en attendant les secours.

Elle se frotta les épaules en s'efforçant de retenir ses larmes. Il faisait si sombre ici. Un pâle rayon de soleil au centre de la pièce principale peinait à dissiper les ombres de la nuit. Figée, les yeux hagards, Ella s'aperçut au bout d'un moment qu'elle fixait Roman, lequel semblait de plus en plus inquiet à son sujet.

Il hocha la tête et sans un mot se dirigea vers la cheminée. Il entreprit de faire du feu avec les bûches et le petit bois entassés à côté. Ella le regarda faire, incapable de bouger. Des crépitements retentirent bientôt, le bois claqua et gémit sous la chaleur. Dès que de belles flammes se mirent à danser, Roman revint vers elle. Il lui fallut lever la tête haut pour pouvoir le regarder en face. Une impulsion inexplicable l'incitait à chercher appui sur lui. À se couler dans ses bras.

— Puis-je ? dit-il.

Elle acquiesça, sans bien savoir à quoi. Prise dans une sorte de torpeur hallucinée, elle se sentait détachée du monde réel et, en même temps, en connexion intime avec cet homme qui venait de dégrafer sa cape et la retroussait d'un geste lent sur ses épaules pour l'en défaire. Elle frissonna comme ses doigts effleuraient sa peau. Le décolleté de sa robe la rendait vulnérable, offerte. Elle se laissa guider sans résistance vers le canapé devant la cheminée, puis envelopper par ses soins dans un plaid en cachemire bien chaud.

— Y a-t-il quelqu'un que je puisse contacter pour vous ?

— Non.

L'air déçu, presque outragé devant sa solitude, il s'éclipsa vers la cuisine. Elle entendit des bruits de bouilloire, de tasses et de cuillers, la porte du réfrigérateur s'ouvrit puis se referma. À son retour, elle s'étonna de ne ressentir aucune peur, loin de là – un désir l'habitait, inapproprié, dangereux, même à ses yeux de novice. Une envie inexplicable de tendre les bras pour voler un peu de la force que Roman dégageait. Dans la pénombre, elle perçut la chaleur de son regard, qui la réchauffait plus sûrement que n'importe quelle flambée.

Elle l'entendit qui retenait son souffle, et un sentiment de honte l'envahit lorsqu'il recula d'un pas. Confuse, les joues brûlantes, elle détourna la tête.

— Je devrais y aller maintenant, dit-il.

— Comment puis-je vous remercier ?

— Nous verrons cela la prochaine fois.

— La prochaine fois ? répéta Ella d'un ton plein d'espoir qu'elle regretta aussitôt.

— Lorsque nous nous croiserons de nouveau dans les bois…

Deux jours s'écoulèrent sans nouvelles de Roman.

Sa grand-mère avait repris conscience et subi plusieurs opérations pour réduire ses fractures. Au réveil, elle l'avait d'abord confondue avec sa fille, Adeline. La méprise n'avait duré qu'une poignée de secondes, mais lui avait égratigné le cœur. Sa grand-mère étant son unique lien avec sa mère française, Ella avait collectionné les moindres souvenirs racontés par Claudette comme autant de trésors. Les étés de son enfance, c'étaient des promenades dans les bois et une immersion dans l'histoire du séduisant magnat américain Nathaniel Riding et de la douce ingénue Adeline Ardoin, qui s'étaient rencontrés, aimés, puis mariés en l'espace de quelques mois. Claudette avait été dévastée de les voir s'installer en Russie pour les affaires de Nathaniel, et plus perdue encore au décès d'Adeline, si bien qu'Ella n'avait pas eu le cœur de la détromper, dix-huit ans après, pendant ces quelques secondes après son réveil.

Claudette Ardoin, femme de caractère, s'était vite ressaisie. Une larme avait coulé sur sa joue parcheminée, elle avait secoué la tête et s'était excusée de ce moment d'égarement. Les médecins avaient été très clairs, elle resterait hospitalisée pendant deux semaines encore au moins, et il était hautement improbable qu'elle puisse rentrer chez elle pour reprendre la vie autonome qu'elle chérissait tant.

L'avalanche de démarches, de décisions à prendre rapidement, de détails concrets à gérer en vue de l'entrée de sa grand-mère en maison de retraite avait bouleversé Ella, qui se sentait un peu dépassée. À présent elle mesurait l'ampleur du travail consenti pour elle, enfant, par son tuteur.

Elle n'avait que cinq ans lorsque ses parents avaient trouvé la mort dans un accident d'hélicoptère. Claudette ne pouvant la prendre en charge du fait de son âge avancé et de ses faibles ressources, elle avait été confiée à la garde de Vladimir Kolikov, associé et meilleur ami de son père.

Voilà comment la fille d'une Française et d'un Américain fils unique de parents décédés très jeunes s'en était allée vivre auprès d'un Russe solitaire et assez froid, mais disposé à lui offrir un foyer et une éducation. Sa vie s'était dès lors partagée entre le pensionnat en Suisse, les étés dans le sud de la France et les hivers en Russie.

Tout en se préparant à retourner une fois de plus à l'hôpital, Ella songea à Roman, comme souvent ces dernières quarante-huit heures, et à cette rencontre pour le moins singulière avec un Russe au fin fond de la campagne française. De là peut-être lui venait cette vague impression de similitude entre son tuteur et cet homme qu'elle voyait désormais comme son sauveur.

Elle se sentit aussitôt rougir jusqu'aux oreilles. Roman avait dû la trouver complètement irresponsable. Une jeune femme seule conviant un inconnu chez elle, puis le regardant en silence faire du feu, s'assurer que le réfrigérateur était garni et préparer un thé. Une jeune femme qui avait envie de choses… qu'il ne fallait pas ! trancha Ella en saisissant son sac à main avant d'ouvrir la porte.

Ses yeux tombèrent alors sur un petit paquet posé sur les marches du perron. Jetant un regard vers les bois, elle ne vit rien d'autre qu'un rideau de feuillages agités par la brise et des sentiers ombragés à la fraîcheur engageante sinuant parmi de vastes tapis de jacinthes des bois.

Elle ramassa le paquet emballé dans du papier de soie lavande. Sur une petite étiquette couleur crème, quelques mots étaient inscrits en anglais.

Pour remplacer ce qui a été perdu.

Les sourcils froncés, elle saisit du bout des doigts la ficelle brune et tira délicatement, pour le cas où ce paquet lui aurait été livré par erreur. Le papier s'ouvrit, révélant une pièce de doux cachemire bordeaux. Elle la sortit et contempla, émerveillée, la longue cape plus belle encore, et de loin, que celle ravagée par son trajet à travers bois deux jours plus tôt.

Le cadeau était exquis et ne pouvait être l'œuvre que d'une personne. Ses doigts coururent sur l'étoffe d'une douceur invraisemblable. Elle n'en revenait pas, étourdie par un cocktail d'émotions, surprise, joie, excitation à l'idée que Roman ait pensé à elle au point de lui acheter un tel présent. Avec cette cape sur les épaules, elle se sentirait si belle… Et étrangement coupable, aussi. Elle espérait déjà le revoir. Vite.

Roman se détourna à regret du spectacle d'Ella sur le perron de la maisonnette de sa grand-mère. Alors même que tout en lui aspirait à savourer ce moment, il refoula résolument ces désirs vils au profit de son véritable dessein. Il se sentait jusqu'au bout des griffes le prédateur qu'il avait été forcé de devenir pour atteindre l'objectif convoité qu'il portait gravé dans son âme, qui l'avait forgé, dirigé, pendant tant d'années… Et qui prenait corps aujourd'hui.

L'innocence d'Ella avait quelque chose de sidérant. Contre toute attente, loin de se révéler endurcie, aigrie par le temps passé sous la coupe d'un démon comme Vladimir, elle présentait une nature intacte. L'autre jour elle lui était apparue comme une créature de conte de fées. Il en avait momentanément perdu de vue son objectif. À croire qu'elle détenait un pouvoir magique, capable de lui faire tout oublier. La façon dont elle l'avait regardé, dans le petit salon, ne lui avait pas échappé. Ses pupilles dilatées, ses yeux assombris par l'émergence d'un désir puissant… Lorsque la cape rouge avait glissé sur son épaule, révélant une plage de peau diaphane, il avait bataillé contre une envie violente de la serrer contre lui.

Il avait remarqué aussi ses joues empourprées, sa gêne. Elle ne comprenait pas ce qui lui arrivait. C'était ce détail qui avait rompu le charme.

Sa beauté était indéniable, et si une partie de lui-même rêvait d'un contexte différent, la réalité devait reprendre ses droits. Ce projet, il se l'était fixé le jour où Vladimir avait signé l'arrêt de mort de sa mère, dix-huit ans plus tôt.

À ce souvenir, une douleur fulgurante le traversa de part en part, lui laissant un goût de bile âcre en bouche. Comme s'il éprouvait ce coup terrible pour la première fois. Ce néant vertigineux qui l'avait aspiré et englouti au moment où il avait ressenti dans sa chair l'impossibilité d'avancer dans la vie sans l'unique personne qui lui donnait de l'amour.

Il aspira tant bien que mal une petite bouffée d'air et appliqua aussitôt la technique peaufinée depuis des années pour transformer son chagrin en fureur. Fureur au souvenir de son grand-père repoussant les prières de l'adolescent de treize ans qu'il était, venu quémander de quoi financer le traitement médical dont dépendait la vie de sa mère. Vladimir lui avait claqué la porte au nez. Les conséquences de ce geste avaient été dévastatrices.

Au tour de Kolikov maintenant de vivre ce cauchemar, de supplier à genoux en vain comme lui-même ce jour-là. Ella Riding était *le seul* instrument de vengeance dont il disposait contre le vieux salaud. Il en userait coûte que coûte.

2.

Depuis son arrivée en France, Ella avait perdu toute notion du temps. Les heures en compagnie de sa grand-mère filaient comme l'éclair, comme si, se sachant comptées, elles couraient vers une ligne d'arrivée impossible. À l'inverse, les brefs moments passés avec Roman semblaient s'étirer délicieusement, à croire que le pouvoir qu'il détenait sur ses sens s'étendait aux grains de sable s'écoulant dans le sablier.

Mieux, Roman était devenu ces quatre dernières semaines son confident et son meilleur soutien. Elle avait échangé avec Vladimir au téléphone, mais le manque d'intérêt de son tuteur pour Claudette l'avait désorientée. Elle s'était sentie très seule, tout à coup. Les opérations chirurgicales s'étaient remarquablement bien passées, mais son soulagement avait été de courte durée. Elle s'était soudain retrouvée en situation de parente unique, seule habilitée à décider du placement de sa grand-mère en maison de retraite après une vie entière d'indépendance dans sa petite maison…

La tâche aurait été insurmontable sans Roman qui avait entendu ses peurs, qui l'avait aidée à y voir clair après plusieurs visites d'établissements, qui l'avait conseillée sur la façon de présenter à sa grand-mère la meilleure solution disponible. Les revenus de Claudette étant loin de couvrir les frais d'hébergement, Ella avait été contrainte de solliciter de Vladimir une avance sur le capital de ses parents placé en fiducie. Il lui restait encore deux ans à patienter avant d'en hériter pleinement, et son allocation mensuelle, pourtant généreuse, ne suffirait pas pour faire admettre Claudette dans l'institution haut de gamme à une heure seulement de Toulouse qu'elle avait choisie. « Une extravagance », avait commenté Vladimir. Sans doute, mais Ella n'avait pas la force d'arracher sa grand-mère à la vue des sommets des Pyrénées qu'elle admirait chaque matin depuis sa naissance.

Elle s'étonnait encore que Roman mette spontanément de côté ses propres obligations professionnelles dans la région pour lui consacrer toute son attention. Elle évitait aussi d'approfondir les raisons qui la poussaient à se reposer autant sur cet homme. Les promenades quotidiennes avec lui et Dorcas l'avaient aidée à garder l'esprit clair en l'obligeant à sortir de cette maison dans laquelle elle aurait vécu en recluse sinon. Ces balades s'étaient insensiblement muées en dîners, au cours desquels Roman la mitraillait de questions avec un sourire engageant. « Alors, raconte, disait-il, à quoi ressemblait la petite Ella Riding ? »

Des heures durant, elle avait évoqué son adolescence en pension, la maison dont elle rêvait pour l'avenir et même son projet encore à l'état d'ébauche avec son amie Célia – une entreprise mettant en relation de riches investisseurs et des associations caritatives du monde entier. Roman l'avait interrogée en riant sur cette maison idéale, combien de chambres, de salles de bains, de terrain autour ? Il avait paru comprendre son importance pour elle, après l'avoir entendue expliquer à quel point il lui avait été pénible de grandir en ne se sentant nulle part chez elle. La pension, puis l'université, le domaine de son tuteur en Russie et la maisonnette ici en France, tous ces lieux avaient été accueillants, merveilleux… Mais jamais vraiment à elle et elle seule.

Depuis que Claudette était en convalescence, ils s'aventuraient de plus en plus loin de la maison. Un beau matin, en découvrant le petit aérodrome où les attendait un jet privé pour une escapade éclair dans la capitale, Ella prit conscience que son compagnon ne se contentait pas de disposer de solides moyens. Il était richissime.

L'argent, elle y était habituée. Elle avait toujours vécu en sachant qu'elle hériterait d'une petite fortune léguée par ses parents à son vingt-cinquième anniversaire. Il n'empêche, l'autorisation à solliciter de son tuteur pour toute dépense dépassant le cadre de son allocation mensuelle lui pesait de plus en plus, tandis que Roman jouissait d'une liberté enviable…

À Paris, ils avaient déjeuné dans le restaurant sublime de la tour Eiffel. Alors que Roman s'étonnait en riant qu'elle ne l'ait jamais testé, Ella s'était aperçue qu'elle en savait très peu finalement de son côté sur ce séducteur qui faisait battre son cœur un peu plus vite à chaque rencontre.

« Qui êtes-vous vraiment, Roman Black ? », lui avait-elle demandé franchement. Il lui avait répondu, en des termes assez vagues, qu'il n'avait pas toujours été riche et qu'il avait dû se battre pour obtenir tout ce qu'il possédait aujourd'hui. Ella avait fondu au récit de la mort de sa mère alors qu'il avait treize ans. Lui aussi avait connu l'horreur indescriptible de voir son univers familier voler en éclats en une fraction de seconde. Ella n'avait que cinq ans au décès de ses parents, mais elle savait ce que c'était de sentir le sol s'ouvrir sous ses pieds et de perdre l'ancrage le plus précieux qui soit, l'amour inconditionnel de ses parents.

Cet homme parvenu, envers et contre tout, à changer le cours des choses et à devenir bienveillant, généreux et patient l'impressionnait de plus en plus. À l'escapade parisienne avaient succédé de brèves visites à Londres et Stockholm, toujours à portée d'un retour express en Occitanie en cas d'urgence, et Ella commençait à se détendre dans ce nouvel univers très étrange dont Roman était le centre.

Seule Célia l'incitait à la prudence. Tout cela se passait un peu trop vite à son goût. « Que sais-tu de lui ? » avait insisté son amie au téléphone. « Bien assez ! » avait fermement répondu Ella.

Elle savait le plaisir que lui procurait sa compagnie, et aussi les désirs qu'il faisait éclore en elle, désirs d'autre chose, pour elle mais aussi pour lui. Son cœur tout neuf, inexpérimenté, s'épanouissait à chaque attention de Roman, et ses sentiments s'étaient encore affirmés lorsqu'elle lui avait présenté Claudette. Ce jour-là, elle s'était dit que sa grand-mère, avec quelques dizaines d'années de moins, serait elle aussi tombée sous le charme.

La joie de Claudette à l'idée qu'elle vive à son tour une histoire aussi romantique que celle d'Adeline et Nathaniel jadis, l'avait confortée dans l'idée que ce chemin était le bon. Celui du bonheur et de l'amour pur. Elle n'était pas insensible à cette résonance d'Adeline rencontrant par hasard l'homme de ses rêves. C'était pour elle une connexion aussi inattendue que bienvenue avec sa mère et son passé.

Si bien que la semaine précédente, à la nouvelle que les affaires de Roman exigeaient sa présence en Russie dans quinze jours, son cœur s'était brutalement serré. Elle avait versé malgré elle quelques larmes, qu'il avait vite essuyées de la pulpe du pouce avant de déposer sur ses lèvres le plus chaste, le plus délicat, le plus doux des baisers.

À ce bref contact, un grand vent de passion s'était levé en elle. Et avec lui, l'envie de tout lui donner.

Une envie folle…

Toutefois, Roman avait été catégorique. Très attaché aux traditions, il pensait que seul un mari devait avoir ce droit. Cette déclaration avait eu pour résultat de le rendre encore plus parfait à ses yeux.

Ce soir-là, après le départ de Roman, Ella s'était sentie perdue. Un feu de joie la consumait depuis cette allusion à ce qui pourrait exister entre eux, mais qui n'existait pas… Pas encore ? Le désir insidieux de devenir sa femme avait tout envahi, ses pensées, son cœur. Ce n'était rien de moins que l'amour vrai, songeait-elle sans cesse du haut de son petit nuage.

Alors le lendemain, lorsque Roman lui réserva la surprise d'un dîner aux chandelles dans un château dominant les collines et les petits villages alentour émaillés de clochers, de toits couleur terre cuite et de vastes vignobles, Ella prêta à peine attention au paysage. Elle ne vit que ses yeux énamourés lorsqu'il lui avoua, non sans hésitation, avec même une certaine réticence, qu'il ne pouvait plus se taire, même s'il avait bien conscience que tout cela était un peu précipité… Il voulait qu'elle soit sa femme, son amour, sa compagne d'une vie. Ella l'avait presque interrompu dans sa demande pour dire oui plus vite, avec une promptitude qui l'avait fait sourire. Il avait alors exhibé sous ses yeux émerveillés la bague la plus exquise qui soit. Un rubis serti de diamants, monté entre deux bandes d'or blanc pavées de diamants plus petits, dans un pur style Art déco. Roman précisa qu'il ne l'imaginait qu'en rouge depuis leur rencontre dans les bois…

Profondément touchée d'apprendre qu'ils partageaient la même émotion depuis le tout premier moment, Ella partit annoncer le lendemain la bonne nouvelle à Claudette, qui insista aussitôt pour la décharger de ses devoirs d'aidante familiale. Pleine de reconnaissance, Ella voulut lui offrir un cadeau en retour et songea soudain que la présence de sa grand-mère à ses noces ferait d'elle la mariée la plus heureuse de la Terre. Or, le départ de Roman pour la Russie était imminent…

Priant pour que Roman accepte ce projet fou, elle suggéra timidement qu'ils se marient tout de suite, avant ce voyage. Contre toute attente, il donna aussitôt son accord, tout en lui présentant à son tour une requête qui l'émut jusqu'à l'âme. Sachant à quel point son tuteur était important à ses yeux, il lui proposa d'aller rendre visite dès le lendemain du mariage à cet homme qui avait été si généreux avec elle.

Éblouie par cette énième preuve de délicatesse, tout heureuse à la perspective d'agrandir le petit groupe qu'elle considérait comme sa famille, Ella n'accorda pas une pensée à la suite des événements. Roman lui avait tant donné déjà qu'elle lui confia d'emblée les clés de son avenir. Un avenir qu'il semblait de son côté prendre très au sérieux, puisqu'il lui soumit un contrat de mariage en bonne et due forme, stipulant qu'elle resterait seule héritière de son père, qu'elle finit par signer, devant son insistance. Il pensait décidément à tout, et c'était elle, visiblement, qui occupait la première place dans ses pensées. Pour elle qui s'était toujours sentie débitrice, envers son tuteur comme envers sa grand-mère, c'était un vrai cadeau.

Le grand jour venu, alors qu'elle patientait devant la grande porte en bois de l'église, Ella choisit de ne pas s'attarder sur l'absence de sa meilleure amie. Et pour cause, Célia n'avait pas été prévenue. Elle n'aurait pas compris. Ella avait déjà tenté de lui expliquer ce que représentait Roman pour elle, en vain. Qu'à cela ne tienne, elle resterait dans cette bulle qu'ils s'étaient créée tous les deux !

Elle lissa du plat de la main la robe en taffetas nacré qui épousait son corps à la perfection, avec une broderie de perles argent, donnant de la profondeur au décolleté plongeant entre ses petits seins, et une coupe légèrement évasée des hanches aux chevilles pour fluidifier son allure. Elle n'avait pas remarqué la fente de la jupe avant de faire quelques pas avec devant le miroir de la maison de sa grand-mère. Une robe aussi sophistiquée, c'était une première pour elle, mais la sensation qu'une marraine fée veillait sur elle ne la quittait plus, depuis peu. Ce n'était pas à un personnage de conte cependant qu'elle devait de porter cette robe magnifique aujourd'hui, mais bien à sa mère, qui l'avait conservée après son propre mariage pour que sa fille en profite un jour. *Encore un signe*, se dit Ella, les yeux rivés à la porte qui s'ouvrirait bientôt sur l'homme de ses rêves.

Tout se passait comme prévu. Mieux, même, que Roman n'aurait pu l'espérer. Depuis un mois, il jouait son rôle à merveille, et si au plus profond de son âme sa conscience s'insurgeait parfois, il la réduisait obstinément au silence pour se concentrer sur son objectif final.

Étrangement, une vague sensation de malaise le gagna alors que, debout au pied de l'autel sous la voûte de la petite église aux peintures défraîchies, il souriait à Claudette qui pressait un mouchoir sur ses tempes, assise sur le banc au côté de deux voisins qui connaissaient Ella depuis l'enfance et seraient leurs témoins improvisés.

Il eut beau se remémorer qu'il n'avait nullement l'intention de faire de cette union une réalité, qu'il était un monstre, soit, mais pas au point de voler l'innocence d'Ella puisque Vladimir accéderait à coup sûr à ses exigences et l'annulation serait prononcée presque aussi vite que le « oui » d'Ella tout à l'heure… Cette modeste cérémonie semblait pourtant plus réelle que tout ce qu'il avait connu depuis longtemps.

Un faible gémissement au niveau du sol rappela Dorcas à son attention. Devant l'insistance d'Ella, le prêtre avait accepté à contrecœur sa présence durant la cérémonie. Roman la soupçonnait d'aimer cette chienne au moins autant que son fiancé.

Drôle d'idée, de penser à lui à la troisième personne, mais c'était le seul moyen qu'il avait trouvé pour s'abstraire de l'effet que lui faisait Ella. Son fiancé l'avait emmenée à Paris. C'était lui encore qui avait écouté ses espoirs et ses rêves, et vanté haut et fort les liens sacrés du mariage alors que Roman, lui, l'aurait dévorée dès le tout premier jour jusqu'à la dernière miette, ruinant ainsi la seule monnaie d'échange dont il disposait vis-à-vis de Vladimir.

Lui qui s'était toujours étonné de la valeur accordée à la virginité d'une femme commençait à comprendre cette fascination. Il avait bataillé tout le mois pour préserver celle d'Ella, pour son bien à elle autant que pour lui-même, en considérant sa frustration comme le prix à payer pour mener sa vengeance à son terme.

Dorcas gémit de nouveau, les yeux levés comme pour lui demander s'il savait ce qu'il faisait. Roman fronça ses sourcils de dominant, passablement contrarié, et se tourna vers la porte de l'église, derrière laquelle se trouvait Ella. Il se refusait à mettre son impatience croissante sur le compte du désir qui faisait rage en lui. Simple curiosité, pas plus. Un vague intérêt… Il avait proposé à Ella d'aller choisir une robe à Paris, elle avait répondu en souriant que l'affaire était déjà réglée.

La simplicité. Vertu cardinale d'Ella – en surface. Car au fil des semaines, en apprenant à la connaître, il l'avait regardée devenir *elle*, évoluer, grandir, tester des idées, des espoirs, des rêves. Choses qu'il n'avait pu faire lui-même, ayant été jeté dans l'âge adulte à treize ans à la mort de sa mère, traîné de foyer en foyer, obligé d'accepter des petits boulots, d'économiser sou à sou pour suivre des études et devenir assez riche pour assouvir sa vengeance. Il y était parvenu grâce à une détermination sans faille, un esprit affûté… Et une aptitude presque surnaturelle à cerner ce que son interlocuteur désirait le plus au monde.

À l'école, sa taille et son intelligence incitaient les petites frappes tantôt à rechercher sa protection, tantôt à repousser la menace qu'il représentait pour leur hégémonie. Il n'était jamais entré dans leur jeu ni dans un cercle quelconque. Il s'était tenu à l'écart, en loup solitaire, prêt à sympathiser ou à trahir en fonction de ses besoins propres. Très jeune, il avait appris que le pouvoir était affaire de dépendance et de manipulation. Amener l'autre en douceur à offrir volontairement le service souhaité se révélait toujours plus fructueux que de l'y contraindre par la force.

À l'université, puis les années suivantes, il avait affiné ce savoir-faire à la perfection jusqu'à se bâtir un empire personnel qui faisait de lui aujourd'hui l'un des hommes les plus riches d'Occident. Il avait amassé une ribambelle de propriétés, parmi lesquelles plusieurs boîtes de nuit sélectes, très recherchées, mais sa compétence première restait la négociation de gros contrats d'affaires pour le compte de clients fortunés, à un prix forcément exorbitant. Sa liste de contacts comprenait des dirigeants politiques du monde entier, des têtes couronnées, une poignée d'oligarques et un ou deux personnages moins recommandables encore.

En dépit de tout cela, sa cible n° 1 restait Kolikov Holdings, propriété de sa mère, Tatiana, si Vladimir ne l'en avait dépossédée sous prétexte qu'elle refusait d'épouser Nathaniel Riding comme il l'avait exigé. À la place, elle était tombée amoureuse, puis enceinte, d'un charpentier. Un esprit faible, acheté par Vladimir le jour où il avait appris sa grossesse hors mariage. Il l'avait sommée d'avorter ; Tatiana n'avait pas cédé. Il avait aussitôt coupé les ponts, financiers et affectifs. Et Roman lui ferait bientôt payer cette décision lourde de conséquences.

Lorsqu'il avait compris qu'Ella avait pris la place de sa mère, il avait eu l'impression d'avoir le cœur serré dans un étau d'acier. C'était le jour où Vladimir l'avait chassé alors qu'il venait de le supplier de sauver la vie de sa mère. Caché derrière les buissons du jardin, il avait découvert une blondinette de cinq ans aux joues rondes, ses petites mains serrées autour de beaux jouets sophistiqués dont il n'avait jamais vu la couleur jusque-là. Il l'avait regardée s'amuser tranquillement avec tout ce qui avait été refusé à sa mère et à lui-même. Il n'avait pas mis longtemps ensuite à apprendre l'histoire de la pupille de Vladimir, qui savourait aujourd'hui la vie qui aurait dû être celle de sa mère.

Elle n'y était pour rien, bien sûr, mais elle représentait l'unique objet d'affection du vieillard, hors sa toute précieuse Kolikov Holdings autour de laquelle il avait construit une forteresse impénétrable. Dommage pour lui qu'il ait négligé d'en faire autant autour de sa pupille, devenue une proie étonnamment facile.

Vladimir s'était publiquement réjoui de présenter cette enfant trophée un peu partout, au bal russe des débutantes à Londres, dans des soirées mondaines à travers le monde… Chaque photo, chaque entrefilet dans les médias avait retourné le couteau dans la plaie, renforçant la conviction de Roman qu'Ella Riding était l'unique moyen pour lui de réussir à mettre la main sur l'entreprise qui lui revenait de droit, en en dépossédant Vladimir. En l'obligeant à en céder la propriété à celui qu'il avait traité de misérable bâtard. Une fois aux manettes, il démantèlerait Kolikov Holdings pièce par pièce, et sous les yeux de Vladimir !

Le grincement des gonds de la porte de l'église ramena brutalement Roman au présent. La voilà ! L'agnelle bientôt sacrifiée sur l'autel de sa vengeance…

Une agnelle sublime, il fallait bien l'avouer. Sa robe de soie nacrée aux lignes simples moulait une silhouette que beaucoup de femmes se damneraient pour obtenir. Le désir flamba dans les veines de Roman, qui sentit monter du plus profond de son âme un rugissement sauvage. Son âme ! Il l'avait vendue au diable depuis longtemps… Impossible de revenir en arrière désormais, quand bien même il l'aurait souhaité.

Il plissa les yeux pour graver dans sa mémoire l'image d'Ella remontant l'allée à sa rencontre, croquer les moindres détails de ce moment comme si c'était le dernier. Ensuite, après l'échange des consentements, tout changerait. Une fois la vérité découverte, Ella le haïrait de toutes les fibres de son être, et ce serait mérité.

Une petite voix intérieure vola à son secours. *Mieux vaut qu'elle connaisse la vraie nature de Vladimir. Et ma vraie nature. Sa naïveté ne la mènera pas loin dans cette vie !*

Comme sa mère et lui, naïfs, ingénus…

Pourtant, bercé peut-être par la voix du prêtre, ou par la

musique de l'orgue, lorsque vint le moment d'embrasser la mariée Roman oublia soudain toute idée de vengeance. Il oublia le fiancé d'Ella Riding et sa promesse de la garder intacte. Il oublia tout, happé par les douces lèvres qui s'ouvraient sous les siennes et la caresse enjôleuse de la langue d'Ella, et l'enlaça sans se soucier des rires gênés de la petite assemblée, déchiré par le regret que les choses ne puissent se passer autrement.

Ce soir il ne la toucherait pas. C'était le seul vrai cadeau de mariage qu'elle recevrait de lui – dût-il en mourir.

3.

Mariée. Elle était mariée. Ella porta les doigts à ses lèvres encore frémissantes après ce baiser qui avait scellé son destin. Son corps était en ébullition depuis. Une vive chaleur montait, et tout aussitôt elle frissonnait, glacée jusqu'aux os, secouée d'envies que rien ne semblait en mesure d'apaiser – et surtout pas les regards furtifs que lui lançait Roman dès qu'elle avait la tête tournée.

À peine deux heures plus tôt, elle avait fait ses adieux à sa grand-mère avant de filer vers l'aérodrome. Le jet survolait à présent la Biélorussie. Était-il possible qu'elle ait fait ce même trajet en sens inverse cinq petites semaines auparavant, la peur au ventre, avec un terrible sentiment de solitude et d'impuissance ? Aujourd'hui, Claudette était saine et sauve, et heureuse. Quant à elle, une nouvelle vie l'attendait auprès d'un homme qui lui offrait chaque jour de la joie et la sensation d'être… Forte ? Pleine d'assurance ? Au moment même où cette pensée lui venait, elle fit taire une petite voix qui ressemblait beaucoup à celle de Célia lui rappelant qu'elle ne devrait pas avoir besoin d'un homme pour éprouver cela.

— Avez-vous besoin de quoi que ce soit ? demanda le steward à la tenue irréprochable.

Elle déclina l'offre d'un sourire, craignant presque de s'entendre répondre qu'elle avait déjà tout ce qu'il lui fallait dans la vie. Il ne restait plus qu'à présenter Roman à Vladimir et ensuite… Ella fronça les sourcils. Ils n'avaient pas réellement parlé de l'endroit où ils s'installeraient après cette rencontre. L'organisation du mariage l'avait tellement accaparée.

C'était absurde de ne pas connaître sa destination finale. Elle n'en prenait conscience que maintenant, dans cet avion ! Cela l'excitait en un sens, mais une pointe d'inquiétude se fit jour. Elle avait toute confiance en Roman, il veillerait sur elle, elle le savait… Mais comme elle coulait un regard vers son mari, qui avait passé la majeure partie du vol le nez plongé dans sa tablette, sa sensation de malaise s'accentua.

Il observait un mutisme assez inhabituel. Même Dorcas semblait sensible à cette atmosphère étrange, elle trottinait entre eux, de part et d'autre de l'allée centrale. Au bout d'un moment elle vint s'affaler aux pieds d'Ella, qui n'eut pas le cœur de s'inquiéter des dégâts sur sa robe tant son contact et sa chaleur était bienvenus. Elle caressa les bouclettes sous le museau de la chienne, qui leva vers elle ses grands yeux jaunes inquiets. Elle se surprit à rassurer l'animal tout autant qu'elle-même en chuchotant des mots doux pour ne pas déranger Roman.

— Tout va bien ? lui demanda-t-elle enfin, n'y tenant plus, après une nouvelle demi-heure de silence.

— *Da.*

Du russe, encore ! Depuis l'embarquement, Roman avait donné toutes ses instructions au pilote et au personnel de bord dans cette langue. De même pour les quelques phrases échangées avec elle. Comme s'il avait oublié que depuis un mois, ils employaient exclusivement l'anglais entre eux.

— Un brin d'appréhension, peut-être ?

À ces mots, il lâcha enfin téléphone et tablette et la fixa.

— Qu'est-ce que j'appréhenderais, au juste ?

— La rencontre avec mon tuteur… Je sais que tu travailles dans un domaine différent, mais Kolikov est un nom très connu, et j'ai conscience qu'il a une certaine réputation…

Roman arbora soudain un sourire carnassier qui lui fit froid dans le dos.

— Pas du tout. Au contraire, je savoure ce moment par avance.

Prise de court, Ella eut subitement envie d'appeler Célia pour lui raconter son mariage, envie d'entendre un discours rassurant… Qui ne viendrait peut-être pas. Elle se hâta de chasser cette idée désagréable. Mieux valait ne penser à rien plutôt qu'à cette angoisse diffuse qui ne la lâchait plus.

La limousine qui les avait pris en charge sur le tarmac du petit aérodrome en périphérie de Moscou filait vers le domaine de Vladimir, et la détermination coutumière de Roman se fissurait à mesure qu'ils s'en rapprochaient. Il avait beau s'efforcer de rester concentré sur son objectif, impossible d'ignorer le malaise de sa compagne, dont il était l'unique responsable.

Ses réponses abruptes et sa mauvaise humeur l'avaient affectée. C'était volontaire et involontaire à la fois. Plus besoin de jouer les maris énamourés à présent qu'il avait obtenu ce qu'il voulait – la clé de sa vengeance. Il ne restait plus qu'à la tourner dans la serrure. Tout, dans sa vie, depuis ses treize ans, tournait autour de ce moment. Les réussites scolaires, les contrats conclus, les exploits moins reluisants… Absolument tout avait été pensé avec ce moment en ligne de mire.

Ella avait bénéficié de tout ce dont sa mère avait manqué. Ce n'était pas sa faute, évidemment, mais elle n'en était pas moins liée au monde de Vladimir, et son ignorance n'était pas une excuse. Et puis, elle avait une chance de s'en tirer sans trop de dégâts s'il obtenait ce qu'il voulait de Vladimir, à savoir la compagnie qui lui revenait de droit pour la disloquer ensuite sous ses yeux. Alors il se retirerait de la vie d'Ella, en la laissant vierge, après l'annulation de leur mariage. Peut-être même ne saurait-elle rien, jamais, de ses motivations profondes.

Le plan était imparable à condition que Vladimir éprouve un minimum d'affection envers sa petite protégée. Roman l'espérait – pour le bien d'Ella.

Il s'étonna de reconnaître les routes menant au domaine, comme si les détails de ce jour lointain étaient restés gravés dans son cerveau. Le soleil qui tapait fort pendant les vingt-cinq minutes de marche après l'arrêt de bus. La douleur qu'il ressentait dans la poitrine, à la pensée de sa mère qu'il avait dû quitter pour consacrer un peu du temps précieux qui leur restait à ce voyage. Ses vêtements rêches qui lui écorchaient la peau. L'espoir fou que le vieil homme se repentirait à temps pour sauver sa mère…

Et puis, le cauchemar.

L'amertume rageuse dans le regard de Vladimir. Son humiliation, sa détresse infinie, encore vivace, en se retrouvant dehors, bredouille. Ce soir-là Roman était comme né une seconde fois.

Au moment où la limousine franchissait le portail en fer forgé, il se remémora la question d'Ella dans le jet. Oh oui ! tout allait bien, plus que bien même. Tout était parfait.

Dès l'arrêt de la limousine, Ella bondit presque au-dehors. Sa conviction était faite : une fois cette présentation expédiée, tout redeviendrait comme avant. L'homme dont elle était tombée amoureuse referait son apparition et n'offrirait plus jamais cette image sombre et morose, ni ce sourire de prédateur. Konstantin, en domestique parfaitement éduqué, ne fit aucun commentaire sur Dorcas qui trottait à côté d'elle. Après avoir embrassé sur la joue cet homme bourru, Ella saisit la main de Roman et se précipita à l'intérieur de la maison.

Rien n'avait changé dans l'immense hall d'entrée, ni

le sol en marbre ni l'escalier en spirale dont la majesté dépassait de loin les rares souvenirs qu'elle avait gardés de ses premières années avec ses parents. Lâchant la main de son mari, elle céda à l'envie de sacrifier au rituel enfantin de tournoyer sur elle-même au beau milieu du hall. Au tout début, c'était un moyen d'apprivoiser ces splendeurs dont elle n'était pas familière. Aujourd'hui, subitement, ce besoin revenait. Un petit rire nerveux lui échappa, c'était un peu idiot de se donner ainsi en spectacle… Elle s'arrêta net, s'attendant à rencontrer le sourire indulgent de Roman qui lui était devenu si cher. Mais non, rien. Il balayait les lieux d'un regard désappointé.

— Monsieur est en réunion, mademoiselle. Il a demandé que vous l'attendiez dans le salon.

Refoulant son appréhension, Ella reprit la main de Roman et l'entraîna vers la pièce indiquée par Konstantin. Autant s'accrocher à ce bonheur qui manquait autrefois à sa vie… Elle avait suivi machinalement ses études. Le projet professionnel dont elle avait esquissé les contours avec Célia n'était qu'un rêve pour passer le temps, mais aujourd'hui elle attaquait bille en tête un nouveau chapitre de sa vie, en tant que femme, épouse, personne à part entière ! Alors elle se cramponna à sa joie avec l'énergie du désespoir, alors même que les doigts de Roman venaient de glisser des siens.

Elle se retourna. Roman était en train de se servir un verre dans le coin bar. L'aisance qu'il dégageait dans cette pièce qu'elle n'avait jamais aimée la mit étrangement mal à l'aise. Il faisait comme chez lui. Comme s'il avait tous les droits ici. Cette démonstration d'arrogance l'emplit de gêne. Le contraste était si grand avec l'être pétri d'humilité qu'elle avait appris à connaître…

— Puis-je vous servir quelque chose à boire ?

La demande fut formulée non par son mari, mais par Konstantin d'un ton sec. Impossible de nier plus longtemps la réalité. Quelque chose n'allait pas. Mais vraiment pas.

— Ce serait une bonne idée, déclara une voix rocailleuse depuis le seuil. J'ai le sentiment qu'elle va en avoir besoin.

Ella se tourna vers son tuteur, dont la silhouette se profilait dans la pénombre du hall. Son sourire hésitant mourut sur ses lèvres. À près de quatre-vingts ans, Vladimir en imposait encore. Grand, robuste, si sombre de visage au regard de la pâleur de son propre teint et de la blondeur héritée de sa mère, il lui avait toujours paru redoutable. Aujourd'hui, il semblait presque menaçant.

— Ainsi donc, voilà ton époux ? dit-il en pénétrant dans le salon.

Ces mots en russe lui égratignèrent le cœur, après un mois passé dans la douceur chaleureuse du français de sa grand-mère.

— Oui. Je te présente Roman Black, répondit-elle, regardant Roman à l'autre extrémité de la pièce en quête d'un soutien qui se révéla inexistant.

— Black ? Ce nom ne m'est pas familier.

Les yeux féroces de Vladimir se fixèrent sur Roman. Ella resta ahurie devant l'absence de réaction de son mari. Pourquoi l'homme qui avait si bien su charmer sa grand-mère à grand renfort de sourires enjôleurs et de confidences n'essayait-il pas d'en faire autant avec son tuteur ? Il restait de pierre au contraire, face aux vents hurlants soufflés dans sa direction par Vladimir Kolikov.

Ce fut comme si la température de la pièce venait de chuter brutalement. L'hostilité était palpable. Ella frissonna.

— J'aimerais un moment en tête à tête avec ton mari, Ella.

La voilà congédiée. La chose n'était pas rare, mais pour le moins inattendue aujourd'hui. Ella voulut protester, mais Vladimir la réduisit au silence d'un bref regard. Roman ne le quittait pas des yeux, si bien qu'Ella se sentit comme égarée en haute mer, poussée par des courants invisibles vers la sortie.

Il n'était pas question toutefois de se laisser évincer aussi facilement. Elle laissa la porte discrètement entrouverte derrière elle et s'immobilisa dans l'ombre du hall, l'oreille tendue.

— Tu avais promis de revenir.

— En effet, répondit Roman d'une voix méconnaissable.

Ella fronça les sourcils. Ils se connaissaient tous les deux ?

— Et tu as épousé ma pupille.

— Oui.

— À quelle fin ?

— Cela dépend entièrement de vous, Kolikov.

Mais que se passait-il, à la fin ?

Le cœur battant, Ella ferma les yeux pour endiguer une nausée croissante face à la menace qui planait au-dessus de sa tête.

— Pourquoi « Black » ?

— Pardon ?

— Ce nom. Pourquoi ?

— C'est la couleur qui a envahi mon cœur quand vous m'avez expulsé d'ici. Celle des ténèbres dans lesquelles j'ai plongé quand ma mère est morte.

— Tu es aussi excentrique que cette gosse, à ce que je vois.

— Cette gosse était *votre fille* ! cria Roman avec rage.

Ella resta pétrifiée. Roman était donc le petit-fils de Vladimir ?

— Elle a cessé d'être ma fille le jour où elle t'a choisi plutôt que moi, rétorqua son tuteur.

— Eh bien, maintenant, c'est à vous de choisir.

— Ah oui ? Explique-moi cela, je te prie.

— Je possède ce que vous prisez le plus au monde. « Aimez » serait excessif, ce type de sentiment n'est pas dans vos cordes. À moins qu'il ne soit réservé à votre société. Quoi qu'il en soit, un choix s'offre à vous aujourd'hui. Ou bien vous me cédez Kolikov Holdings, et je la laisse partir et le mariage sera annulé. Ou bien…

Un bref silence, puis :

— Ou bien je fais en sorte qu'Ella Riding soit ruinée et vive dans la misère, comme ma mère autrefois.

À ces mots, Ella ravala un cri et sentit ses jambes faiblir.

Alors… Tout n'avait été que mensonges ? Les caresses, les baisers… Chaque mot…

Elle avait l'impression qu'une lame lui tailladait le cœur. Son mari menaçait de la ruiner ! Cet homme dont elle était tombée amoureuse, à qui elle avait naïvement confié son avenir, l'avait trahie. Le monstre. Ses jambes se dérobèrent sous elle, et elle dut prendre appui des mains contre le mur pour rester debout.

Solidement campé sur ses jambes, Roman mit à profit le silence de son ennemi pour le dévisager. Les ressemblances avec sa mère et, pis, avec lui-même lui mirent le cœur au bord des lèvres.

Il le tenait, enfin ! Un sentiment de profonde satisfaction l'envahit. Et avec lui le besoin violent de détruire, broyer, effacer à jamais cet individu de la surface de la Terre…

Jusqu'au moment où Vladimir partit d'un petit rire.

— Jeune présomptueux. Si arrogant ! Si convaincu d'obtenir tout ce qui te chante ! Grossière erreur… Toutes ces années, je savais que tu cherchais ta revanche. Je l'ai lu dans tes yeux, ce jour-là. Si tu n'avais pas été le bâtard de la fille que j'ai reniée, je t'aurais même respecté pour cela, peut-être. J'aurais reconnu en toi ma chair et mon sang.

Roman batailla dur pour rester impassible. Il sentait un piège d'acier se refermer sur lui, mais comme toutes les proies il espérait encore se tromper.

— Sais-tu que ta mère devait épouser Nathaniel Riding ? Ma volonté profonde était de sécuriser notre partenariat par un lien familial indéfectible. Lorsqu'elle a choisi à la place ce charpentier, notre affaire, pour laquelle j'œuvrais depuis des années, a frôlé la faillite. Nathaniel a vite surmonté sa déception. Pas moi. Imagine ! Ma propre fille, à deux doigts de signer ma perte… Alors, quand j'ai vu Ella s'épanouir et devenir une ravissante créature, j'ai compris que je détenais l'appât idéal pour te ferrer. L'innocente vierge toute prête à te manger dans la main… Cette innocence, je l'ai cultivée avec soin, tout en faisant le nécessaire pour qu'elle devienne une cible de choix à tes yeux. Mon rêve a toujours été l'union des Kolikov et des Riding. Tu me l'as servie sur un plateau.

Vladimir plissa les yeux avant d'ajouter :

— Tu veux l'entreprise ? Prends-la ! Tout compte fait, tu as réussi là où j'ai échoué. Tu as prouvé jusqu'où tu es prêt à aller, ou plutôt à t'abaisser, à t'avilir, et c'est ce qui fait ta valeur. Enfin, je me retrouve en toi. Tu mérites Kolikov Holdings.

Le rire qui ponctua ce discours signa le coup de grâce pour Roman.

L'unique but de sa vie venait de se désagréger. À mesure que ces paroles se frayaient un chemin dans son esprit, sa vengeance prenait un goût de cendre de plus en plus prononcé. Pendant ces dix-huit années, il s'était cru plus malin, plus vif, plus roué… Et voilà qu'il avait fait exactement ce que Vladimir attendait de lui.

Impuissant devant ce naufrage, il sentit une rage folle ricocher dans chacun de ses nerfs. Pas question pour autant d'offrir à cette vieille charogne la satisfaction d'assister à ce spectacle. Il quitta la pièce en trombe, le rire de Vladimir grinçant dans ses oreilles, claqua la porte derrière lui… Et tomba nez à nez avec Ella.

Au fil de la conversation, Ella en avait compris assez pour prendre conscience du jeu abominable auquel s'étaient livrés les deux hommes pendant toutes ces années et de leur soif de vengeance. Néanmoins, en dépit de tout, vibrait encore au plus profond d'elle l'espoir ténu qu'il restait une trace de l'homme qui l'avait charmée. Que Roman aurait une explication quelconque à lui fournir, une raison solide justifiant qu'il ait réduit sa vie en miettes…

Mais le regard de son mari n'exprimait que haine et fureur. Les mêmes émotions l'envahirent alors à son tour. Brûlante de rage, elle gifla Roman de toutes ses forces avant de tituber vers la sortie, ignorant Dorcas visiblement déchirée entre son maître et sa nouvelle maîtresse, puis Konstantin dont la retenue légendaire se lézardait à vue d'œil.

— Paris ! lança-t-elle sans réfléchir au chauffeur en s'engouffrant dans la limousine.

Après un instant de sidération, le chauffeur enclencha une vitesse en silence et mit le cap sur l'aéroport.

Tandis que le domaine de Vladimir disparaissait à l'horizon dans le rétroviseur, Ella se jura de ne plus jamais se laisser manipuler par quiconque. Elle ne se laisserait pas non plus détruire par cette histoire de fous. Elle trouverait un moyen de rebondir et d'assurer sa liberté après les avoir exclus de sa vie.

Et plus jamais, jamais, elle ne croirait aux contes de fées !

4.

Huit mois qu'Ella n'avait pas remis les pieds en Russie. Si sa vie était sens dessus dessous, le paysage ici n'avait pas changé. Les jardins du domaine de Vladimir niché parmi d'autres, tout aussi luxueux, réservés à l'élite moscovite en lisière de la capitale, étaient recouverts d'un épais tapis blanc alors que mars était déjà bien avancé, mais ses bottes hautes la protégeaient de l'humidité glaciale. Toutes les lumières étaient allumées dans la grande bâtisse néoclassique derrière elle, projetant une fausse chaleur sur l'horizon blafard. Il n'y avait plus qu'elle, pourtant, et Konstantin, qui serait là un mois encore pour fermer définitivement les lieux avant de profiter d'une pension de retraite substantielle, en vertu des dernières volontés de Vladimir Kolikov, emporté par une pneumonie sept jours plus tôt.

Son tuteur était sûrement mort satisfait d'avoir atteint l'objectif de sa vie – l'union des deux familles sécurisée au sein de son empire industriel. Cet homme qui l'avait utilisée comme appât, mais aussi nourrie et protégée, lui accordant certaines libertés et lui en refusant d'autres, resterait à jamais une énigme. Elle était en contact avec ses avocats depuis qu'elle avait pris conscience que son mariage lui permettait de toucher le capital placé en fiducie, mais elle n'avait parlé qu'une fois au téléphone avec lui.

Elle attendait des explications, des excuses. Elle en avait été pour ses frais. Une fois de plus. Elle s'était sentie bernée sur toute la ligne. Chaque facette de sa vie lui semblait un mensonge après coup. Vladimir toutefois n'avait pas menti lors de cette ultime conversation en lui assurant qu'il avait protégé ses intérêts, son capital et son avenir avec Kolikov Holdings. Car s'il avait tenu parole en cédant à Roman le contrôle et la propriété de l'entreprise fondée avec son père trente ans plus tôt, il avait pris la précaution de léguer par testament à sa pupille 10 % de ses parts qui, s'ajoutant à celles acquises en accédant au capital en fiducie, formaient un total de 25 % en sa possession désormais. Ella était ainsi devenue automatiquement actionnaire membre du conseil d'administration. Cela lui donnait une voix et une carte maîtresse à jouer contre celui qu'elle avait considéré encore il y a peu comme son mari.

Il n'avait même pas pris la peine d'assister aux funérailles de Vladimir. D'un bout à l'autre de la cérémonie, elle avait eu les nerfs à vif, le corps tantôt gelé tantôt brûlant de haine et de mépris, sa concentration faiblissant à maintes reprises dans l'attente de voir apparaître Roman. Elle n'avait pas été la seule à s'étonner de son absence. Plusieurs associés qu'elle se souvenait d'avoir croisés dans son enfance s'étaient déplacés, moins pour rendre un hommage hypocrite à cet homme qui les avait dirigés d'une main de fer que pour saluer le retour du petit-fils prodigue, presque une légende, et s'informer de ses projets pour la société.

Elle avait résolument chassé de ses pensées jusque-là cette maudite entreprise depuis le jour où Célia l'avait trouvée en pleurs devant un écran où s'affichait le résultat de ses recherches sur Roman Black, qu'elle n'avait pas eu le réflexe d'effectuer pendant son séjour en France. Son amie avait fait valoir que son angoisse pour Claudette et les dispositions à prendre avaient forcément altéré sa lucidité, mais rien n'avait pu la consoler de sa naïveté incommensurable, qui l'avait conduite à épouser un parfait inconnu.

Un inconnu, avait-elle appris ce jour-là, réputé pour être non seulement un loup en affaires, mais aussi de peu d'honneur entre les draps. D'abord choquée par le contraste entre l'être humble et respectueux qu'elle avait épousé, qui tenait tant à préserver son innocence, et le play-boy notoire s'affichant comme tel dans les médias du monde entier, elle avait ensuite pris la vraie mesure de l'imposture. D'elle, Roman n'attendait en réalité qu'une chose, l'accès à Vladimir.

La douleur avait séché net ses larmes.

Bizarrement, elle n'avait pas ressenti une once de compassion envers son ex-tuteur. Car là aussi, elle avait mené sa petite enquête. Parce qu'elle avait refusé d'épouser Nathaniel Riding, Vladimir avait déshérité sa fille en lui coupant à la fois les vivres et son affection.

Ella frissonna de plus belle à la pensée de ces deux hommes acharnés à s'entre-détruire… Et à la détruire, elle, au passage. Et maintenant ? Tout ce qu'elle voulait, c'était se libérer. De cette histoire, de lui. Du souvenir de sa propre sottise.

Le pire, c'étaient les espoirs et les rêves anéantis ce jour-là. Ceux qu'elle n'avait pas eu conscience de nourrir avant que Roman les fasse surgir tel un magicien de son imaginaire intime. Cette envie folle, enfantine, de retrouver le paradis perdu… Balayée par ses soins. La perte était aussi réelle que s'il s'était agi d'objets matériels. Et si violent que soit son désir de gommer ce mariage de sa mémoire, elle savait déjà que jamais elle ne pourrait abolir la trace laissée par Roman dans son cœur.

À cette pensée la fureur la reprit. Non seulement il ne s'était pas donné la peine d'assister aux obsèques aujourd'hui, mais il n'avait même pas accusé réception des papiers du divorce qu'elle lui avait fait parvenir pour signature via ses avocats quelques jours après son arrivée dans le petit appartement parisien de Célia.

C'était donc ainsi que les choses allaient se passer.

La proie deviendrait bientôt la prédatrice.

Ella accueillit sa colère en amie, savourant l'idée de

traquer Roman. C'était *lui* qui connaîtrait bientôt le regret ! Aux oubliettes, l'ingénue qu'il pensait avoir connue. Elle était désormais une femme avertie, une force avec laquelle il faudrait compter.

Roman garda longuement en bouche une gorgée de vodka bien frappée en dépit de son envie de l'avaler d'un trait. Il se connaissait bien. Ce soir, jour des obsèques de son grand-père, serait un formidable détonateur. Or, il tenait à garder l'esprit clair. Il sentait l'excitation vibrer dans l'air autour de lui, comme si un doigt venu du passé posé sur sa nuque faisait couler un courant d'air glacé sur son dos.

Autant il aurait rêvé d'assister à l'engloutissement ultime de Vladimir dans les ténèbres grouillantes de la terre, autant l'idée de revoir sa femme l'avait rebuté. Sa femme, oui, car au fil des huit derniers mois il avait cessé de considérer le fiancé d'Ella comme une entité distincte de lui-même. Il avait accepté l'idée d'être son mari, enchaîné à elle légalement et physiquement.

La faute à ce baiser qu'il était incapable d'oublier. Celui où le masque était tombé. Ce n'était pas le fiancé d'Ella qui avait volé ces quelques secondes de passion sur une impulsion, non, c'était lui, Roman. Il avait même désiré davantage sur le moment. Il désirait encore davantage. Certes, sa vie sexuelle était un désert depuis bientôt dix mois, mais il aurait pu trouver quelqu'un à n'importe quel moment après son départ de chez Vladimir ; or, il s'en était abstenu. Ironie cruelle du sort, le fiancé d'Ella avait fini par déteindre sur lui. Les grands discours sur les liens sacrés du mariage, tout ça…

C'était à ses yeux la menace la plus grave. Le fait qu'il ait commencé à adhérer à ses propres feintes. Pis, ce qui le minait aujourd'hui, c'était surtout la découverte d'une aspiration profonde et réelle au-delà de la vengeance. Un désir très perturbant de choses plus saines dont il s'était longtemps cru incapable. Il avait même été sûr d'être immunisé contre. Ce désir le démangeait maintenant de l'intérieur et demandait un sérieux effort pour être refoulé.

À la place, il s'était rabattu sur la familiarité rassurante de la colère. Or, même la revanche annoncée avait été vidée de sa substance lorsqu'il avait compris, à sa vive douleur, qu'il ne l'avait pas réellement obtenue. La promesse faite à sa mère mourante ne serait jamais honorée. Il se haïssait pour cela, et haïssait plus encore Vladimir.

La question essentielle cependant, qui le hantait pendant ses longues nuits d'insomnie, était ailleurs. Ella était-elle au courant depuis le début ? S'était-elle jouée de lui, elle aussi ? La réponse, bien sûr, il ne l'aurait qu'en la regardant droit dans les yeux. Telle était l'unique raison, se répétait-il à loisir, de son refus de signer les papiers du divorce en dépit de l'insistance des avocats d'Ella.

Dorcas s'agita à ses pieds tandis qu'il s'octroyait prudemment une nouvelle gorgée d'alcool dans l'arrière-salle de sa boîte de nuit moscovite. Il n'avait pas eu le cœur de se débarrasser de cette chienne qui le suivait partout avec obstination sans s'émouvoir du vacarme ambiant de la vie de loup solitaire qu'il avait retrouvée. Il savourait même l'embarras des membres du conseil d'administration de Kolikov Holdings devant la présence de l'animal aux réunions. Un moyen efficace de les déstabiliser.

Dorcas errait dans les couloirs en quête d'Ella, les premiers temps. Sa bouderie ne s'apaisait qu'après un bon repas et une caresse derrière les oreilles.

Ella…

L'ironie de la situation lui arracha un sourire sans joie. Douter de la pureté des intentions de sa femme, alors même que ses propres actes relevaient de l'infamie absolue ! Mais au fil des mois, le doute grignotait du terrain. Comment pouvait-elle garder une âme pure, après avoir été élevée par Vladimir Kolikov ?

Alors qu'il balayait distraitement du regard les caméras de surveillance de son club, il tressaillit soudain, fronça les sourcils et revint sur l'écran précédent.

Ses doigts se crispèrent sur son verre en cristal. Ella Riding. Son salut, ou sa damnation. À elle de choisir.

Ella leva les yeux vers le barman en gilet boutonné qui semblait sorti de l'époque victorienne avec son improbable moustache en guidon de vélo. En débarquant dans le club le plus célèbre de Roman, elle s'attendait à un établissement plus sordide, un repaire malfamé, avec des femmes très déshabillées se trémoussant sous des néons rouges…

Pas une seconde elle n'avait imaginé ces vitraux Art déco au plafond et derrière le bar, éclairés par-derrière, projetant ainsi de douces lueurs jaunes, vertes et bleues sur un espace organisé en plusieurs box de bois sombre favorisant l'intimité. L'ensemble créait une atmosphère hors du temps. Il aurait aussi bien pu être 18 heures plutôt que 1 heure du matin. Chacun des clients semblait prêt à attaquer les festivités nocturnes qui pourtant touchaient à leur fin.

Il fallait le reconnaître, que cela lui plaise ou non, cet endroit était beau. Ella commanda une vodka au barman qui, à sa vive satisfaction, parut fasciné par sa personne. Elle avait choisi avec soin une tenue très osée en vue de cette mission, et la robe écarlate, moulante et décolletée quasiment jusqu'au nombril, qu'elle aurait exclu de porter en temps normal, produisait visiblement l'effet voulu. Son mariage avec Roman Black lui avait fait mesurer l'utilité des déguisements. Son tour était venu d'en user ce soir.

Konstantin, avec son efficacité coutumière, avait localisé Roman sans difficulté. Son mari était donc quelque part dans l'établissement, elle aurait pu bien sûr demander à le voir, ou même le chercher seule, mais elle avait aussi appris à ses dépens que le mieux était d'attendre que la proie vienne au chasseur.

Roman viendrait à elle. C'était une certitude. Elle avait mené sa petite enquête et tout planifié. Ce soir c'était elle qui mènerait le jeu. Plus jamais elle ne se laisserait manipuler par d'autres.

Comme elle portait son verre à ses lèvres, son regard croisa celui d'un homme braqué sur elle, lourd d'une invitation tacite mais sans ambiguïté. Il était grand, séduisant… et sans intérêt aucun. Alors qu'elle se demandait si feindre de répondre à cette invitation servirait sa cause, un frisson courut sur sa nuque. Elle sentit comme une brûlure dans son dos, une présence tout à coup derrière elle. Comme pour confirmer ses soupçons, l'inconnu perdit brusquement le sourire et détourna les yeux.

Le pouls d'Ella s'accéléra. Quelle guigne, ce pouvoir que détenait encore Roman sur elle ! Qu'à cela ne tienne, ce soir il signerait les papiers du divorce. Ce soir, elle serait enfin libre.

— J'espère que tu ne t'es pas rendue aux obsèques dans cette tenue. Il aurait fallu creuser au moins quatre tombes supplémentaires pour les administrateurs les plus fragiles du cœur.

Ella jura tout bas. Cette voix grave… Elle avait oublié son charme enjôleur. Sans se retourner, elle posa son verre sur la table devant elle et rassembla ses forces, tête haute.

— Cela t'aurait rendu service, à ce qu'il paraît. Dis-moi, tout va bien ? Ou y a-t-il quelque chose de pourri au royaume de Kolikov Holdings ?

— Le sarcasme ne te sied pas.

— Vraiment ? Tu me connaîtrais donc suffisamment pour l'affirmer ?

— Bonne remarque. Que sais-je de toi, au fond ? Je me pose la question depuis quelque temps.

Roman contourna la table, se refusant à fixer plus longtemps le dos nu de sa femme, qu'il découvrait ce soir. Son envie de laisser voyager les doigts sur cette plage de peau l'avait presque embarrassé. Non qu'il soit plus facile de résister à la vue de face… Ses yeux affamés dévorèrent le généreux décolleté dévoilé par la soie rouge vif de sa robe.

S'obligeant à relever les yeux vers son visage, il constata qu'Ella était à la fois la même et une autre femme. La façon dont elle se tenait droite sous son regard incisif, et puis cette tenue, ce chignon bas impeccable… Mais peut-être était-ce là sa vraie personnalité depuis le début. Peut-être s'était-il fait avoir autant qu'elle.

Il ne restait plus aucune trace de la douceur qui l'avait tant séduit naguère, mais loin de tempérer son excitation la froideur du regard d'Ella l'aiguillonna au contraire.

Elle était maintenant digne de livrer bataille contre lui.

— Quelle importance, ce que tu sais de moi ? Tu as obtenu ce que tu voulais.

— Pas vraiment. Et nous le savons tous les deux.

— C'est ma faute, peut-être ? répliqua-t-elle avec feu.

Sa façade glacée, lisse et calme, se fissurait déjà. Roman se garda de réagir, savourant l'éveil tant espéré de la prédatrice sous l'ingénue. L'acier renfermait donc un noyau brûlant de passion…

— Tu aurais l'audace de me blâmer, moi ? Comme on fait son lit on se couche, Roman !

— Tu viens me trouver dans cette tenue et tu me parles de lit, Ella ? Je m'en voudrais de ne pas te mettre en garde…

— Quoi, mon mari veillerait encore sur mon innocence ?

Il la fixa un moment sans ciller.

— Tu savais, oui ou non, Ella ?

— Quoi donc ?

Elle savait parfaitement de quoi il parlait. Elle jouait avec ses nerfs…

— Ce que manigançait Vladimir. Tu étais au courant ?

Ella fut très tentée de répondre par l'affirmative. Ne serait-ce que pour paraître moins candide aux yeux de Roman qu'elle ne l'avait été en France. Pour lui faire croire qu'elle avait été maîtresse du jeu pendant tout ce temps… L'énergie lui manqua, cependant. La perspective d'entretenir ce cercle vicieux de la haine la salissait, elle lui donnait juste envie de vomir.

— Je ne savais même pas ce que *tu* manigançais, répliqua-t-elle. Comment diable aurais-je pu deviner les projets de mon tuteur ?

Roman plissa les yeux et la dévisagea en silence. Elle ne fit aucun effort pour cacher son dégoût et sa rancœur.

— Est-ce que ce serait plus facile pour toi, si j'avais été dans la combine depuis le début ? Est-ce que cela justifierait que tu n'aies reculé devant aucune ignominie pour parvenir à tes fins ?

Parce qu'elle l'observait avec attention elle aussi, elle se dit que pour une fois elle avait mis dans le mille. De là à créditer Roman d'une conscience… Elle s'y refusait.

— Eh bien non, Roman, je ne savais rien. Jusqu'à ce fameux jour, je ne voyais en mon tuteur que l'homme qui m'avait offert un toit, une éducation, la sécurité…

— Toutes les choses qu'il aurait dû donner à sa fille.

— C'est pour ça que tu t'es vengé sur moi ? Parce que tu pensais que j'avais volé ce qui revenait de droit à ta mère ?

Elle avait besoin de savoir. Cette question la taraudait, et avec elle la peur d'avoir appelé sur elle sa vengeance sans le savoir.

— Je me suis vengé *à travers* toi parce que j'ai oublié un temps quelle espèce de salaud sans cœur était mon grand-père. J'ai cru qu'il t'estimait réellement. J'étais loin d'imaginer qu'il se servirait de toi comme appât !

— Si je comprends bien… Je n'étais qu'un pion dans vos projets de vengeance respectifs.

— Tu as une idée de ce que j'ai vécu, en allant supplier

en vain un type pour qui l'argent n'était pas un souci de sortir l'équivalent de vingt mille malheureux euros pour sauver la vie de sa fille ?

Elle avait voulu savoir, pour mieux comprendre. Mais ça ! Elle en resta horrifiée. Adolescente, elle avait entendu dire que Vladimir avait eu une fille, décédée depuis des années. Elle avait mis son silence sur le sujet sur le compte du chagrin lié au deuil. L'idée que cette perte les ait réunis l'avait même touchée – il remplaçait ses parents comme elle remplaçait son enfant perdue. Apprendre ensuite qu'il l'avait reniée lui avait causé un choc… Mais jamais elle n'aurait pensé qu'il ait pu refuser de lui sauver la vie. Cela semblait impossible. Son ventre se crispa, la vodka aggravant la nausée qui lui soulevait l'estomac.

Roman partit à son tour d'un rire amer.

— Pourquoi ne suis-je pas surpris ? Évidemment, jamais ton tuteur adoré n'aurait avoué un crime pareil.

Ella s'efforça de reprendre ses esprits.

— Je ne suis pas responsable des actes commis par un autre avant même que j'entre à l'école !

Elle ne sentait pas responsable, mais coupable, ça oui, de tout ce qu'elle avait reçu et dont avait été privée la mère de Roman. Son cœur se serra pour le jeune garçon qu'elle devinait sous la façade sombre que son mari en était venu à afficher, pour l'enfant qui avait prié et supplié en vain pour qu'on l'aide à sauver sa mère.

En dépit de la véhémence d'Ella, Roman lut la vérité dans ses yeux. Sa femme n'était pas si bonne comédienne, tout compte fait, et elle ignorait comme lui les plans de Vladimir. Comment ne pas voir la plaie ouverte qu'il venait de creuser un peu plus en lui rappelant à quel point Vladimir l'avait manipulée ?

Il venait de faire tomber sur elle ses propres souffrances.

Avec un soupir, Roman changea de sujet et chercha les mots justes pour faire réapparaître son digne adversaire.

— Pourquoi es-tu venue ici ? demanda-t-il sèchement. Je doute que ce soit pour ressasser le passé. Tu débarques le soir des funérailles de mon grand-père en tenue légère, j'en conclus tout naturellement que tu veux quelque chose, mais quoi ?

— Le divorce.

Il avait vu venir ce moment, depuis le temps qu'il ignorait les mails et les lettres comminatoires de ses avocats. Pourtant, inexplicablement, il répondit :

— Et si je m'apercevais tout à coup que je ne veux pas divorcer de ma délicieuse épouse ?

— Alors tu ferais bien de revoir ta position. Je n'ai plus rien à perdre. Toi, en revanche…

À ces mots, Roman fut aussitôt en alerte. Surtout, ne pas sous-estimer sa petite épouse.

Il se surprit à apprécier la nouvelle version d'Ella. Cette femme confiante et déterminée se révélait bien plus fascinante que la jeune candide qu'il avait connue en France.

— Si tu choisis de ne pas valider l'annulation dont tu parlais à Vladimir, je m'appliquerai à te mener la vie dure.

— Vraiment ? s'esclaffa Roman.

— Je possède 25 % de Kolikov Holdings, héritage de mon père et aujourd'hui de Vladimir. Ce pourcentage fait de moi une associée active, et non plus silencieuse.

Roman en resta sans voix.

Non content de l'avoir roulé dans la farine, ce vieux vicieux s'était aussi débrouillé pour avoir le dernier mot…

Le rire d'Ella lui écorcha les oreilles.

— Tu vas diriger la société, mais tu croyais que Vladimir te faciliterait la tâche ? Que *moi* j'allais te la faciliter après ce que tu m'as fait ? S'il m'en prenait l'envie, je pourrais commencer par resserrer mes liens d'amitié avec ces messieurs du conseil d'administration… Burian essaye-t-il toujours de brasser sa propre bière ? Il avait l'habitude de la faire goûter à Vladimir. Et Evgeni et Illarion ? Est-ce qu'ils se font toujours concurrence pour offrir le plus beau cadeau à Noël ? Tellement adorables et si gentils avec moi quand j'étais petite…

— Tu crois bien connaître ces gens, mais tous vendraient père et mère pour accroître leurs bénéfices.

— Soit. Cette entreprise n'est pas la seule chose à laquelle tu sois attaché, sauf erreur. Ta réputation compte aussi. Elle fait trembler ces grands hommes. Imagine ce qu'ils se diraient en te voyant humilié par ta femme…

— Et comment t'y prendrais-tu, dis-moi ?

— Eh bien… Comme ma propre réputation m'indiffère absolument, je me ferais une joie de causer un scandale si énorme que ma tête surgira un peu partout, dans les journaux, sur les réseaux sociaux… Je m'assurerais que la Terre entière sache que l'épouse du Grand Méchant Loup l'a mis à genoux !

Elle plaisantait. Sûrement.

— Imagine, ajouta-t-elle. La femme du plus grand séducteur du monde allant chercher du plaisir ailleurs. Quel effet sur ta précieuse réputation, Roman ?

— Innocente comme tu es, tu ne saurais même pas comment t'y prendre.

Il la vit alors avec un mélange d'horreur et de fascination tourner lentement les yeux vers la table voisine. Le pauvre abruti assis là se trouva brusquement sous le feu du regard d'Ella. Un sourcil haussé, un petit sourire sur ses lèvres rouge vif, et le type rougit jusqu'aux oreilles. En croisant le regard noir de Roman, il reposa brutalement son verre, se leva et s'éloigna à distance respectable à l'autre bout de la salle.

Ella se retourna vers lui, l'air triomphant.

— Mon innocence a été détruite, ma vertu n'a plus aucun sens. Tu t'es chargé du sale boulot. Tu aimes à te considérer comme le Grand Méchant Loup, mais il se trouve que j'ai été élevée par le loup le plus grand et le plus méchant de tous. Tu m'as appris la vengeance, Roman, et il se pourrait que j'y prenne goût, vois-tu.

5.

Voir Ella tenter de séduire un autre en sa présence, être témoin de sa folle inconscience, fit rugir intérieurement Roman. Elle n'avait pas idée des puissances de l'enfer qu'elle déchaînait par sa seule présence, surtout dans cette tenue tentatrice. Des images lubriques défilaient dans la tête de Roman, le narguant avec ce qu'il ne pouvait *pas* avoir.

L'ingénuité avec laquelle elle menaçait de l'attaquer, lui et sa réputation, en couchant avec le premier venu lui tourna les sangs. Non qu'il la croie capable un instant de mettre cette menace à exécution. Mais le fiancé d'Ella avait bataillé dur pour ne pas céder à ses bas instincts en France... Toutes ces occasions repoussées pour sauvegarder sa virginité, et voilà maintenant qu'elle projetait de la brader ?

Ni une ni deux, il la saisit par le coude et l'entraîna sans lui demander son avis à travers le bar jusqu'aux ascenseurs.

— Ce n'était pas de la séduction tout à l'heure, marmonna-t-il, c'était une invitation très claire.

— Où allons-nous ?

— Nous allons poursuivre cette conversation dans un lieu plus intime, où les clients de mon établissement ne seront pas exposés à un appel du pied qui n'aboutirait de toute façon qu'à une insatisfaction mutuelle et au deuil inconsolable de ton innocence.

Avec sa clé magnétique il activa l'ouverture des portes. Refoulant son impatience, il invita Ella à le précéder dans la cabine.

Contre toute attente, elle s'exécuta sans protester.

— La séduction est affaire de pouvoir, dit-il en se campant devant elle, dominateur, mais attentif à éviter tout contact avec son exquis petit corps vibrant de la même vigueur sauvage qu'il sentait croître en lui. C'est un échange subtil entre deux êtres, il faut savoir donner et prendre au bon moment. Je ne pense pas que tu sois prête pour ça.

— Je ne suis plus la jeune fille que tu as connue.

— Et moi je ne suis pas l'homme que tu as épousé.

— Alors qui es-tu donc ?

— Quelqu'un qui s'efforce de te démontrer que ce genre de projet ne pourrait que te valoir davantage d'ennuis.

En pénétrant dans l'appartement terrasse, Ella resta insensible à la vue incroyable sur les toits de Moscou depuis les immenses baies vitrées occupant toute la longueur d'un mur. C'est à peine si elle remarqua la décoration luxueuse de la pièce, la cheminée, le long canapé de cuir, tant l'indifférence de Roman devant ses menaces la mettait hors d'elle. D'autant plus qu'elle était encore vexée que le Grand Méchant Loup, le « séducteur errant » comme l'avaient surnommé les médias, se soit abstenu de la toucher pour préserver son innocence.

La colère qui lui brûlait le corps ne demandait qu'à tout incendier ici – jusqu'au dernier fragment de ses liens avec cet individu.

— Comme c'est gentil de ta part de veiller sur mon innocence maintenant que tu as détruit mon univers, ironisa-t-elle.

— Tu as rencontré et épousé un inconnu en l'espace de cinq semaines. Je ne t'ai pas forcé la main, que je sache.

C'était de la provocation !

— Tu m'as menti…

— Par pure gentillesse. Un luxe auquel je n'ai pas eu droit, moi, petit.

— Par *gentillesse* ?

— Tu aurais peut-être préféré que je te kidnappe pour t'épouser de force ?

Ella se mordit la lèvre pour ne pas hurler.

— Je suis censée choisir entre la peste et le choléra ?

— Je n'ai exercé aucun chantage sur toi, répliqua Roman, et ai encore moins abusé de ton corps. L'innocence n'est pas une excuse pour faire n'importe quoi. L'ignorance non plus.

— Qui essayes-tu de convaincre, là ? Toi ou moi ?

— Il valait mieux savoir la vérité sur Vladimir, non ? Il s'est servi de toi pour m'atteindre, ça ne te choque pas ?

— Tu es en train de me dire que c'est plus grave d'avoir été manipulée par lui que par toi ?

— Oh oui ! Tu aurais pu tomber sur bien pire que moi.

Ella le fixa, incrédule.

— Beaucoup d'autres à ma place ne se seraient pas privés de prendre tout ce que tu avais à offrir, ta virginité et le reste…, acheva-t-il.

— Tu as l'audace de te dépeindre en preux chevalier venu me sauver d'un sort plus terrible encore !

— Je n'en avais ni après ton argent ni après ton corps.

— Je te hais, gronda Ella, donnant enfin libre cours à la fureur et à la douleur accumulées au fil des derniers mois.

— Parfait. À présent, il se pourrait que tu comprennes en partie mes sentiments envers mon grand-père.

Roman s'éloigna d'un pas rageur vers les fenêtres, les doigts fourrés dans sa tignasse pour s'empêcher de secouer Ella histoire de lui faire entrer un peu de bon sens dans le crâne.

Mais il ne l'avait pas amenée chez lui pour parler du passé, non. Maintenant l'important était de s'atteler à limiter les dégâts pour tout le monde. Il devait la dissuader de mettre son plan grotesque à exécution. Il devait lui montrer qu'elle jouait avec le feu…

Il pivota d'un bloc.

— Dis-moi, Ella. Que ferais-tu après avoir déniché la pièce maîtresse de ta vengeance contre moi, à son insu ? Serais-tu capable de faire ce que j'ai fait : la séduire, la soumettre à ta volonté ?

Il s'avança vers elle avec une nonchalance délibérée en la fixant droit dans les yeux.

— Parce que la véritable séduction implique la traque…

Il pouvait au moins lui donner ça. Une leçon finale pour lui prouver l'inanité de ses projets. C'était dans ses cordes.

— Tout est dans le timing. Le choix du moment juste pour passer à l'action. Non pas lorsqu'on est prêt, mais lorsque *l'autre* est mûr.

Comme si ses mots faisaient apparaître précisément ce contre quoi il voulait la mettre en garde, il n'avait pas fini sa phrase qu'Ella, les pupilles dilatées, se mettait à adopter insensiblement la lenteur de ses gestes.

— Il s'agit de jauger les émotions de la proie…

Impossible d'ignorer plus longtemps la réaction de son corps face aux tétons qui pointaient sous la robe moulante d'Ella, au souffle qui s'enrayait. Elle était au diapason, prise comme lui dans le sortilège sensuel qu'il était en train de tisser entre eux.

— L'excitation grisante, lorsque la proie comprend ce qui va advenir et ne résiste plus, mais le désire au contraire. Lorsque chaque nerf, chaque fibre de son corps brûle d'envie avec une intensité presque insoutenable. C'est le moment où la proie est la plus vivante. Prête. Volontaire pour succomber à sa propre convoitise.

Ils étaient tout proches maintenant, et Roman, la gorge aussi nouée qu'Ella, ne savait même plus qui était le chasseur et qui était la proie.

— Comme si tu ne savais pas que le pouvoir était entre tes mains depuis le début !

La tête vide, Ella jeta ces mots à la face de cet homme qui semblait connaître mieux qu'elle-même les besoins de son corps. Il avait envahi son espace de la plus délicieuse des façons, et elle s'insurgeait contre ce que son corps réclamait maintenant, contre ce désir, cette envie sauvage qui l'étouffait presque.

— Vraiment ? dit Roman. Et si je te le donnais, ce pouvoir, maintenant ? Qu'attendrais-tu de moi ? Comment assouvirais-tu ta vengeance ? Est-ce une signature sur un papier que tu veux, au fond, Ella, ou bien… autre chose ?

Elle sentit ses facultés de raisonnement l'abandonner d'un coup. À la place s'éveillaient des images de ses rêves les plus profonds, les plus sombres, des huit derniers mois. Des fantasmes d'une nuit de noces qui n'avait jamais eu lieu, qu'elle s'avouait à peine quand bien même elle s'était réveillée chaque matin enfiévrée et épuisée, le corps frustré par un désir insatisfait. Un désir qu'un homme et un seul était en mesure de combler.

— Est-ce pour cela que tu es venue jusqu'ici ? Parce que tu sais aussi bien moi que nous avons une affaire en suspens, toi et moi ? reprit Roman d'une voix suave.

— Venant de quelqu'un qui se targue d'avoir *sauvé* mon innocence, c'est un peu fort.

Imperturbable, il se pencha vers elle et chuchota à son oreille :

— Venant de quelqu'une qui se dit prête à la céder pour se venger…

Il balaya des yeux son corps comme s'il cherchait quelque chose, un signe qui pourrait la trahir. Si ce n'était déjà fait.

— Et si je te proposais de te venger sur *moi* ? Ici, maintenant ?

Une fois de plus, il lui coupait l'herbe sous le pied en retournant contre elle ses mots et ses intentions. Car subitement elle désirait cela plus que tout. Elle se demanda fugitivement si elle ne se berçait pas d'illusions depuis le début, si elle n'était pas venue ici dans ce seul but…

— Si je t'offrais une nuit, une seule, ce soir, pour prendre tout ce que tu veux de moi ? Je me sacrifierai volontiers sur l'autel de ta vengeance. Le bûcher me sera doux.

Cet aveu brutal, concédé d'une voix grave, éraillée par le désir, eut raison des ultimes défenses d'Ella. L'image de son mari exauçant de bonne grâce ses moindres désirs cette nuit l'affola au point qu'un sanglot d'impatience s'étrangla dans sa gorge.

— Comment croire un seul mot sortant de ta bouche ?

— Oublie les mots. Crois plutôt ceci.

Et il captura ses lèvres avec une fougue presque animale. Leurs gentils baisers chastes n'étaient plus qu'un souvenir. Place au désir sans filtre, voluptueux et exigeant…

Ella gémit en lui ouvrant ses lèvres, cherchant désespérément un oxygène qui ne fit qu'alimenter le feu embrasant son corps. Oui, s'avoua-t-elle dans un vertige, c'était exactement ce qu'elle voulait. Dès la toute première fois où son regard s'était posé sur Roman, elle avait senti monter le désir. Et tout ce qu'elle avait imaginé par avance pâlit en comparaison, comme il l'enlaçait et allumait du bout des doigts des flammèches partout sur son corps, ses seins, ses hanches…

Il l'attira contre lui, lui offrant la preuve tangible de son propre désir.

— Voilà l'effet que tu me fais, Ella. Tu aimes ?

Elle fut incapable de prononcer un mot, ou même de réagir, mais son corps, lui, savait.

Une plainte sourde lui échappa sous les assauts de cette langue avide appliquée à visiter sa bouche et à lui faire tout oublier, hormis sa faim croissante. Ses mains volèrent vers la poitrine de Roman et se crispèrent sur l'étoffe de sa chemise avec une assurance, une impétuosité qu'elle n'aurait jamais soupçonnées. Pendant ce temps, les doigts de Roman retroussaient sa jupe étroite pour se faufiler au-dessous, palper ses cuisses, ses fesses. Elle se mit à trembler et s'entendit gémir de plus belle lorsqu'il se détacha d'elle pour la retourner face au mur.

Elle plaqua les mains sur la surface dure et s'étonna brièvement de sa fraîcheur. Pressé contre son dos, Roman embrassait sa nuque à pleine bouche, inclinant sa tête de côté pour se ménager l'accès à la zone sensible derrière l'oreille. Cette position lui donnait la sensation d'être piégée, cernée, et c'était délicieux. *Encore*, songea-t-elle sans bien savoir ce qu'elle réclamait en silence.

Une main ferme se plaqua sur sa nuque, brève démonstration de force, avant qu'un doigt agile glisse le long de son dos nu jusqu'à l'ourlet de la robe sur ses reins. Elle se cambra sous cette caresse, pressant le sein dans l'autre main de Roman, et retint un cri lorsqu'il en effleura d'un doigt la pointe durcie.

Ces mains l'enveloppaient avec une forme de dévotion. Elles s'invitaient ici et là sous la soie, l'amenant malgré elle à renverser la tête contre l'assaillant et son torse tout chaud en geignant de plaisir.

— Éblouissante… Majestueuse, chuchota-t-il en posant la main en coupe sous son menton.

Les yeux fermés, elle coucha spontanément la joue dans sa paume et cueillit un doigt en bouche pour le sucer voluptueusement.

Elle le sentit qui frémissait contre son dos. Quelle satisfaction, de voir cet homme trembler d'envie tout autant qu'elle !

Il la retourna brusquement dans ses bras et la fixa d'un regard approbateur et féroce à la fois, jaugeant ce pouvoir tout neuf qu'elle se découvrait, l'encourageant, même, avec une gourmandise manifeste.

— Me permettras-tu de te donner cela ? Juste cette nuit ?

Elle comprit la raison de son insistance. Quand bien

même elle voyait en lui un méchant de la pire espèce, Roman ne lui donnerait rien qu'elle ne serait pas prête à prendre.

Or, elle le voulait vraiment. Prendre cela. Le prendre, lui, dans toute sa puissance…

— Ce sera la fin de tes projets de vengeance, ajouta-t-il. Je t'accorderai le divorce que tu souhaites.

À ces mots quelque chose tout au fond d'elle se déchira. Elle comprit avec une certitude absolue que ce n'était pas une condition, mais une sorte de cadeau d'adieu. Roman disparaîtrait de sa vie après avoir apposé sa signature non seulement sur le papier, mais aussi sur son corps, à l'encre indélébile.

— Oui, dit-elle.

Ce petit mot suffit à Roman pour lâcher enfin la bride à son désir. Il fondit sur la bouche d'Ella.

S'il avait su comment elle réagirait sous ses baisers, sous ses doigts… jamais il n'aurait pu se retenir de la toucher jusque-là. Chaque parcelle de son corps regorgeait d'un désir d'une intensité inédite, qui semblait communicatif. Ella tremblait tout autant que lui. Il n'avait pas menti tout à l'heure, le bûcher lui était plus que doux.

Ses doigts filèrent vers la fermeture Éclair sur laquelle ils avaient buté un peu plus tôt, sur le côté de sa robe. Ella ne bougea pas. Seuls les battements erratiques de son pouls à la naissance de sa gorge, ses yeux pâles assombris de désir, la rougeur sur ses joues témoignaient du mal qu'elle se donnait pour garder son sang-froid. Et lui, en pervers consommé, ne voulait qu'une chose, qu'elle lâche prise et s'abandonne à son désir… Car si cette nuit devait être leur unique nuit ensemble avant qu'il lui concède le divorce, tranchant ainsi leur dernier lien, il était décidé à lui donner absolument tout ce qu'elle voulait – et que son fiancé n'avait jamais pu lui donner.

— Enlève-la, ordonna-t-il.

Un éclair de défi traversa le regard d'Ella. Il la vit se rebiffer intérieurement face à l'injonction, soupeser le désir et la raison.

Oui, la séduction était affaire de pouvoir, celui qu'on prend, celui qu'on laisse. Si Ella avait eu conscience du pouvoir qui était le sien en cet instant… elle l'aurait anéanti.

Elle leva lentement les mains vers ses épaules. Le regard de Roman se fixa sur la peau nue dévoilée à mesure que les fines bretelles, puis le reste de sa robe dévalaient son corps. Elle repoussa la soie rouge tombée au sol de la pointe d'un escarpin rouge au talon vertigineux. Ses seins parfaits s'offraient à lui, pointes dressées, délicieusement tentantes, comme elle respirait profondément sous le regard qui la détaillait. Sa taille fine s'évasait aux hanches, où seul un string minuscule protégeait encore les derniers vestiges de sa pudeur.

Rouge, bien sûr, le string. Il la verrait donc toujours en rouge. Brusquement, lui revint en mémoire la cape bordeaux par laquelle il avait remplacé celle abîmée le tout premier matin. Mais ce n'était pas le moment de ressasser le passé. L'heure était à l'action.

Il voulut l'attirer contre lui. Elle l'arrêta d'un geste.

— À toi, maintenant, dit-elle avec l'autorité dont elle avait le secret sans le savoir.

Roman aspira vivement une bouffée d'air, excité comme jamais par sa belle assurance toute neuve, avant de s'exécuter.

Sa cravate, d'abord, qu'il arracha presque de son col. Aiguillonné par le regard dur d'Ella, il s'attaqua ensuite à sa chemise, en défit les boutons, la retira. Ses chaussures enlevées, il ralentit ses gestes au moment de défaire sa ceinture, testant les limites de son propre sang-froid.

Car au-delà de la maîtrise affichée, Ella n'en était pas moins vierge. Ce serait sa première fois. Il ferait en sorte que cette nuit lui apporte tout ce qu'il ne pourrait plus jamais lui donner après, puisqu'ils ne se reverraient plus.

Il dégrafa sa ceinture d'un geste sec et la retira des passants. Comme il ouvrait sa fermeture Éclair, Ella se détourna. Il se figea aussitôt.

— Si tu as changé d'avis…

— Non, dit-elle, ramenant les yeux dans les siens.

— Alors regarde. Vois le désir que tu m'inspires.

Il enleva pantalon et boxer d'un seul coup et se campa devant elle, plus nu qu'elle ne l'était, accueillant la caresse de ses yeux avec fierté et un certain sentiment de puissance associé.

— Je suis à ta disposition. Tu voulais te venger, tu voulais perdre l'innocence que tu prétendais ne plus avoir. Tu as menacé de choisir quelqu'un d'autre pour cela, forcément indigne de toi. Mais je suis là. La cible idéale de ta vengeance. En outre, je la mérite. Sers-toi.

Comme s'il venait de lui donner la permission de ressentir, de désirer, de posséder, Ella fit un pas vers lui et s'appropria ses lèvres.

Être, pour une fois, du côté de celui qui reçoit lui tourna les sens. Au lieu de l'enlacer comme il s'y attendait, elle posa les mains sur ses cuisses, griffant délicieusement des ongles ses muscles bandés, avant de les laisser glisser vers ses fesses pour les caresser à loisir. Il la laissa faire à sa guise, puis la saisit aux hanches pour l'amener contre lui, peau à peau, corps à corps. Le désir flamba, et avec lui l'envie de donner davantage.

Il la souleva de terre, s'émerveillant de sa légèreté. Une plume… Elle se laissa porter à travers l'appartement, jambes verrouillées autour de lui, lèvres scellées aux siennes. Dans la chambre, il l'allongea délicatement en travers du lit et s'octroya un instant pour saisir l'image et la graver en lui, sachant qu'il s'en souviendrait le restant de ses jours, que cela lui plaise ou non.

Tout en égrenant des baisers de sa gorge à son nombril, il laissa dériver ses mains sur les côtés et les enfouit sous les reins d'Ella.

— Me fais-tu confiance ? demanda-t-il.

Elle soutint son regard.

— Non.

— Me fais-tu confiance… pour *ceci* ? rectifia Roman, les dents serrées, prêt à tout arrêter au besoin, quand bien même cette seule idée le crucifiait.

— Oui.

— Retourne-toi sur le ventre.

Ella se lova dans la paume qui lui caressait la nuque, sans bien comprendre pourquoi le contact de Roman dans son dos lui procurait un aussi profond sentiment de sécurité.

Elle n'avait pas menti, son cœur ne se fiait pas à cet homme. Son corps, en revanche…

Des petits coups de langue sur ses épaules allumèrent des étincelles qui se propagèrent jusque tout en bas de son ventre. Elle agrippa les draps avec l'envie de se rouler dedans pour se protéger des assauts du désir et en même temps de se cabrer pour mieux s'offrir à eux, prendre tout, savourer la passion qui flambait entre eux. Son corps tout entier vibrait dans l'attente d'une chose qui semblait surnaturelle, une palpitation croissante, et l'envie le disputait à la crainte devant ce mystère vertigineux.

Il souleva ses hanches en douceur et lui entrouvrit les cuisses. Elle prit machinalement appui sur les mains et poussa un cri, de stupeur et de plaisir, en sentant sa bouche se poser sur elle.

L'impudeur folle de sa position, les grognements de plaisir qui échappaient à Roman, le velouté de ses caresses… Secouée de violents frissons, elle crut mourir d'extase. Contre toute raison, toute logique, son corps se pressait doucement contre cette bouche, et dès qu'il faisait mine de se retirer, une main le retenait fermement, lui déniant toute possibilité de fuite ou de répit devant l'insurmontable plaisir qui vibrait plus fort que son cœur dans sa poitrine.

Il tendit la main pour attraper la sienne crispée sur le drap. La sensation de leurs doigts entrelacés l'émut profondément. Une réassurance inattendue qui lui fit un bien fou. Il lui chuchota à l'oreille, en russe, que tout allait bien, qu'elle pouvait lâcher prise… Lâcher quoi donc ? Elle n'en savait rien. Elle se cramponnait au contraire au bord de cet abîme insondable qui s'ouvrait devant elle. Et puis, un doigt cajola tendrement son clitoris avant de plonger en elle sans prévenir. Elle bascula par-dessus bord, bille en tête et consentante, tandis qu'il l'enlaçait pour la retourner sur le dos et recueillir dans ses bras ce corps alangui qui ne lui appartenait plus.

Regarder Ella succomber à la jouissance entre ses mains avait été une expérience indescriptible. Incroyable. Inimaginable, impossible… Roman, émerveillé, n'en revenait pas. Cela le rendait presque humble. Un sentiment qu'il ne pouvait se permettre d'envisager, encore moins de s'avouer.

Comme Ella effleurait d'un doigt tremblant le bras qui la tenait, puis sa hanche et son ventre, il frémit et sentit aussitôt se raviver un désir presque douloureux. Ce soir cependant, il ne s'agissait pas de lui. Ce soir était pour Ella.

— De quoi as-tu besoin ? lui demanda-t-il.

— De toi.

Cette déclaration toute simple l'électrisa. Il tendit la main vers la table de chevet, prit un préservatif et sentit peser sur sa peau le regard d'Ella tandis qu'il se protégeait.

Elle s'agita, encore humide de sueur après l'effort, ouvrant les jambes inconsciemment pour lui ménager une place.

— Est-ce que ce sera douloureux ?

— Peut-être un peu, mais pas longtemps. Je ferai tout pour atténuer la douleur.

Elle hocha la tête. Le désir aidant, la détermination était déjà de retour.

Il lui saisit la main pour en baiser la paume, un geste qu'il ne s'était jamais autorisé avec ses précédentes maîtresses. Ella sourit, d'un sourire qui lui fit chavirer le cœur, avant de s'accrocher à son cou pour lui offrir un baiser gorgé de cette confiance qu'elle avait placée en son corps exclusivement.

Alors Roman la pénétra en douceur, la sentit qui retenait son souffle et s'immobilisa, le temps pour elle d'accueillir son invasion, ces sensations nouvelles. Ella étouffa un léger sanglot qui le meurtrit dans sa chair. Il détestait l'idée de lui faire mal physiquement, après la souffrance affective qu'il lui avait causée.

Toute la soirée il l'avait vue digne de lui, sans s'apercevoir que c'était lui qui n'était pas digne d'elle. Il ne méritait pas le cadeau de son corps. Les yeux rivés à son visage, il la regarda se détendre et s'habituer progressivement à lui. Émerveillée, docile. Offerte. Et lui, le bâtard sans scrupule, avait envie de tout prendre…

Il plongea plus loin en elle et s'arrêta encore, se délectant des muscles palpitant autour de son sexe. Uni à Ella d'une façon qu'il n'avait jamais imaginée, il dut lutter pour conserver son sang-froid. Même sans bouger, il sentait la volupté poindre chez elle et s'épanouir jusque dans son corps à lui. Les soupirs d'Ella se muaient peu à peu en gémissements d'extase. La sensualité de ce moment comme suspendu dans la course du temps lui procura un plaisir inouï, qu'il n'avait jamais goûté auparavant. Ella se mit à bouger doucement, l'attirant dans sa joie comme pour lui montrer le chemin, et il n'avait toujours pas remué d'un pouce.

Elle ne gémissait plus. Elle poussait de petits cris inarticulés maintenant, la douce musique de la passion lorsque les mots deviennent impossibles. D'une manière inexplicable,

Roman sentit l'orgasme monter en elle et stimuler le sien, déchiré entre l'impatience et la hantise de voir ce moment prendre fin.

Sa dernière pensée, avant qu'ils décollent tous les deux vers un autre monde, fut qu'il n'avait pas bougé. Qu'ils avaient joui ensemble dans un moment de fixité qui changeait tout.

Le bruit de la douche tira Ella d'un sommeil profond. Le soleil entrant à flots par les fenêtres nues réchauffait sa peau qui n'en avait nul besoin, au sortir d'une nuit aussi éblouissante au fil de laquelle ils s'étaient cherchés tous deux sans relâche, immergés dans un long rêve charnel merveilleusement voluptueux. Un rêve dont elle n'avait aucune envie d'émerger, et dans lequel visiblement son corps s'attardait, car il vibrait déjà de désir. Encore.

Elle bascula sur le dos, savourant la sensation de son corps endolori, doucement meurtri entre les cuisses, là où s'était invité Roman. Tout en ramenant le drap sur elle, pour la caresse apaisante du coton sur sa peau à vif, elle balaya des yeux la chambre – les fenêtres, les grands placards contre le mur d'en face, la table de chevet…

Et tout à coup son cœur cessa de battre.

L'enveloppe qu'elle avait apportée la veille, enfouie dans son sac à main, était posée en évidence sur le chevet, les feuillets sortis. Une vilaine étiquette jaune pointait un encadré vide jusque-là et désormais complété d'une signature à l'encre noire.

La vue des papiers du divorce lui donna la chair de poule. Tout à coup elle ne pensa plus qu'à fuir, à rassembler ses affaires et à partir loin d'ici, loin de ces papiers, loin des événements de la nuit… C'était terrible, de ressentir de nouveau le besoin de se cacher. Roman avait raison. Elle avait voulu prendre sa revanche, elle lui avait servi la sienne sur un plateau.

6.

Roman était sans nouvelles d'Ella depuis trois mois. Depuis ce matin où il était sorti de la douche, le souffle bloqué dans les poumons, sachant qu'elle avait quitté son lit, son appartement, sa vie.

Il s'était forcé à prendre l'enveloppe dans le sac d'Ella. Fidèle à sa parole il avait apposé sa signature d'une main qui tremblait encore de la nuit de passion la plus intense qu'il ait jamais partagée avec une femme. Normal. Ella n'était pas n'importe quelle femme, elle était son épouse. Et elle n'avait pas été la seule à succomber au fantasme qu'il avait tissé autour d'eux pour assouvir sa vengeance.

Voilà du moins ce qu'il s'était dit sur le moment. Cette hésitation très inhabituelle chez lui était un effet du choc sensuel. Mais depuis, cette pause aussi imperceptible que troublante ne cessait de revenir le hanter. Le temps d'un battement de cœur, une tentation diabolique l'avait saisi, il avait entrevu un avenir, une vie entière de possibilités… Qui toutes supposaient de sa part une chose qu'il ne pouvait ni ne voulait donner.

Alors comme maintenant, Roman savait que cette perspective était un leurre. Comme s'il pouvait être autre chose que le Grand Méchant Loup ! Le fait qu'il ait hésité une fraction de seconde prouvait à lui seul qu'il avait bien fait de saisir son stylo et de ponctuer rageusement sa signature d'un point final qui avait presque transpercé la feuille.

Malgré tout, il s'était surpris à passer le moins de temps

possible dans sa chambre, où les souvenirs de cette unique nuit s'obstinaient à resurgir à tout bout de champ. Chaque jour, il consultait fébrilement sa messagerie en quête d'un mail des avocats d'Ella, de préférence avec les papiers du divorce signés en pièce jointe, pour trancher définitivement ce lien qu'il avait tant de mal à oublier. En pure perte, jusqu'ici.

Dorcas s'était remise à bouder, perturbée sans doute par la nouvelle absence de sa maîtresse. Cette chienne lui en voulait, c'était clair. Peut-être aurait-elle été plus heureuse avec Ella. Il ne parvenait pas à chasser cette idée… Pas plus qu'il n'arrivait à étouffer en lui un désir tenace. Une seule nuit avec sa femme n'avait pas suffi à apaiser sa bête intérieure, qui rôdait dans sa tête comme lui-même rôdait dans les coins de son appartement terrasse moscovite.

Trois mois durant, il avait été à peine capable de se concentrer sur les décisions professionnelles à prendre. Trois mois ! C'était beaucoup trop. Voilà comment il se retrouva un beau matin au pied d'un modeste immeuble parisien – parce qu'il tenait à tirer un trait définitif sur toute cette histoire.

Il cogna du poing sur la porte, un peu fort, mais il se refusait à brider son énergie. En un sens, la fureur qui coulait dans ses veines lui faisait du bien. Une fureur dirigée exclusivement contre lui-même. Jamais il n'aurait dû laisser cela se produire. Jamais ! Oui mais voilà, elle avait débarqué à Moscou, dans son club, chez lui… Et il avait lui-même décidé de son destin à la seconde où il lui avait dit : « Sers-toi. »

La jeune femme qui lui ouvrit la porte ressemblait à Ella, mais… Quelle mine effroyable ! Il ne reconnut en elle ni la femme qu'il avait épousée, ni celle à laquelle il avait fait l'amour, et s'alarma en la voyant blêmir.

— Est-ce que tout va…

Roman n'eut pas le temps d'achever sa phrase. Elle avait déjà filé à l'intérieur.

Il s'invita de lui-même dans l'appartement en jurant tout bas, s'attendant à trouver les stigmates d'une beuverie des grands soirs, mais non, rien, pas la moindre bouteille d'alcool vide, pas de stigmates de débauche, juste des boîtes de tisane et ce qui ressemblait à des flacons de vitamines disséminés sur le comptoir.

Perplexe, il balaya des yeux le petit appartement, très féminin, bien plus chaleureux que les vastes espaces dans lesquelles il menait sa vie de loup solitaire… Il repéra soudain une enveloppe brune qu'il aurait reconnue entre mille. Avait-elle signé ces fichus papiers à son tour ?

Dorcas se faufila contre sa jambe pour aller s'asseoir devant la porte close derrière laquelle s'était retranchée Ella. Ignorant ses gémissements, il se tourna vers le coin cuisine au son d'un cliquetis familier. Une bouilloire venait de s'éteindre. Bizarrement tenté par l'idée de se servir un thé, il avisa en passant devant le comptoir un des flacons de vitamines et s'arrêta net.

La Terre s'arrêta de tourner.

Le cœur fou, Roman prit le flacon pour l'examiner de plus près et obtenir une confirmation dont il n'avait déjà plus besoin. Des vitamines spécifiques pour la grossesse. Sous ses doigts crispés, un nom sur une étiquette.

Ella Riding

Alors il comprit. Sa pâleur, lorsqu'elle l'avait trouvé sur le pas de sa porte, juste avant de s'éclipser, prise de nausées. Un bébé. *Leur* bébé.

Adossée à la porte de la salle de bains, Ella aspira de grandes goulées d'air, le cœur battant inexplicablement au même rythme que les faibles geignements de Dorcas qui grattait le battant de bois. Comment l'avait-il retrouvée ? Elle partageait cet appartement avec Célia depuis moins d'un an, et son nom ne figurait pas sur le bail... Évidemment, il n'en fallait pas beaucoup à Roman Black pour découvrir une information qui l'intéressait.

Elle pensait disposer d'un peu plus de temps pour se retourner, prendre une décision, pour mesurer aussi ce que signifiait pour elle cette grossesse. L'impossibilité du divorce qu'elle avait souhaité. L'impossibilité de la liberté.

Dès l'apparition de la petite ligne bleue sur le test, elle avait compris qu'elle ne pourrait pas exclure Roman de sa vie ni de celle de leur enfant. Pas après ce qu'ils avaient vécu l'un et l'autre petits. Pour autant, elle n'avait pas eu le courage de le contacter pour lui annoncer la nouvelle... « Comme on fait son lit on se couche », avait-elle asséné un jour à Roman. À son tour aujourd'hui d'assumer ses actes. Sa lâcheté.

Comment allait-il réagir ? Elle, de son côté, s'était promis de ne plus jamais dépendre de quelqu'un d'autre, et ce n'était pas une promesse en l'air... Seulement elle comptait aussi assurer à son enfant toutes les chances d'être heureux dans la vie. Il était essentiel de le préserver des tempêtes traversées par ses parents. Le cercle vicieux de la vengeance devait être brisé. Restait à espérer que Roman partage cette vision des choses.

Elle se redressa pour actionner la poignée de la porte. Le museau gris et humide de Dorcas se glissa dans l'interstice pour trouver sa main. La queue de la chienne fouettait le battant... Les yeux d'Ella s'embuèrent devant ces démonstrations d'affection, un réconfort physique bienvenu qui lui avait manqué sans qu'elle en ait conscience. Elle se ressaisit aussitôt. Son armure devait rester intacte en prévision de la conversation qui allait suivre.

Elle passa dans le salon et se figea devant le regard aiguisé de Roman.

— Est-ce que tu comptais me le dire, Ella ?

— Oui.

— Quand ?

Elle ravala un soupir.

— Dans le tiroir à gauche de la cuisinière, tu trouveras un billet d'avion pour Moscou avec départ dans cinq jours.

— Depuis quand le sais-tu ?

— Un mois environ, répondit Ella, la tête haute. Je voulais avoir confirmation avant de te l'annoncer.

Roman lança un regard au tiroir qu'elle avait indiqué, mais ne fit pas mine d'aller vérifier ses dires. Elle lui en sut gré. Il remplit d'eau chaude la tasse qu'elle avait préparée avant qu'il frappe à sa porte et la posa sur le comptoir entre eux.

— Tu vas bien ? demanda-t-il encore en la dévisageant avec attention. Tu as vu un médecin ?

Elle acquiesça en silence.

Roman hocha la tête à son tour.

— Tu vas revenir avec moi.

— Pour quoi faire ?

— Est-ce que tout doit avoir une foutue raison d'être ?

— Dans ce cas précis, oui, répliqua Ella, impavide. Il n'y a quasiment rien entre nous hormis de la rancœur et des mensonges, Roman. Je n'ai aucune envie d'infliger ça à mon enfant !

— Alors… Tu le gardes ?

— Évidemment ! s'écria-t-elle, indignée. Tu ne vas quand même pas me demander de…

— Non !

— Oh ! Ne viens pas jouer les outragés maintenant, tu n'es pas crédible. Tu as suffisamment démontré de quoi tu étais capable pour parvenir à tes fins, il me semble.

— C'est pour ça que tu as attendu aussi longtemps pour m'en parler ?

— Non. Je te l'ai dit, j'attendais d'être sûre que mon bébé était bien accroché.

Roman exhala un long soupir.

— Notre.

— Pardon ?

— *Notre* bébé, bon sang !

Roman dévida un chapelet entier de jurons dans sa tête. Impression d'avoir un train de retard, d'être déjà exclu de la vie de son propre enfant. Il en frémissait d'indignation. Un enfant ! Il n'arrivait pas à se faire à cette idée. D'un geste vif, il dégagea des cheveux de son front, refoulant une envie de se prendre la tête à deux mains. Surtout, ne pas montrer sa frustration devant sa femme qui semblait guetter sa réaction comme s'il s'agissait d'un test. Il avait bien trop peur d'échouer.

Il n'avait jamais voulu d'enfants. Il ne comprenait pas comment c'était arrivé, vu qu'il s'était dûment protégé chaque fois, mais il savait aussi que les préservatifs n'étaient pas fiables à 100 %, comme les plans les plus soignés. Ella ne se serait jamais liée de gaieté de cœur à un monstre comme lui – et voilà qu'il avait tissé entre eux malgré lui un lien indissoluble. Un innocent petit être allait voir le jour dans ce monde pétri de colère, de noirceur, de douleur.

Il allait devenir père.

— Quels sont tes projets ? demanda-t-il, se concentrant sur elle plutôt que sur le tumulte de ses pensées.

Elle soupira et but une gorgée du thé qu'elle tenait avec précaution entre ses mains avant de répondre.

— Honnêtement, je n'en sais rien. J'ai une entreprise qui démarre à peine, un divorce à moitié signé, pas de maison à moi et un bébé en route…

Elle vacilla, comme si tous les éléments de la liste de ses embarras venaient de se matérialiser sur ses épaules. Roman tendit la main par réflexe et se retint juste à temps de la toucher, lui indiquant à la place le coin salon.

Dès qu'elle fut assise sur le petit sofa, Dorcas alla

reprendre sa garde, sa grosse tête posée sur les genoux de sa maîtresse. Son regard allait de l'un à l'autre, tour à tour adorateur ou accusateur. Roman n'avait pas besoin de savoir qui blâmait cet animal. Il se sentait en faute jusqu'à la racine des cheveux.

— Tu es enceinte, tu reviens avec moi, déclara-t-il.

Comme si c'était aussi simple que ça. Comme si cela pouvait dissiper la confusion dans son esprit et son cœur.

— De quoi vas-tu me menacer, cette fois ? demanda-t-elle posément.

— Je ne t'ai jamais menacée de quoi que ce soit. Tu peux toujours dire que je t'ai forcé la main pour m'épouser, mais certainement pas pour coucher avec moi !

— En effet. Je ne dirai pas cela.

Cette légère rougeur sur les joues d'une autre aurait pu passer pour une coquetterie, mais sur Ella elle était authentique, Roman le savait. Aussi réelle que le bébé qu'elle allait mettre au monde… Bébé qu'elle pourrait l'empêcher de voir si elle le voulait.

Si l'idée de devenir père ne lui avait jamais traversé l'esprit, à la nouvelle qu'Ella portait son héritier, leur chair et leur sang mêlés, une force primitive, viscérale, avait pris possession de son cœur, lui insufflant une certitude comme il n'en avait jamais ressenti de sa vie. Il avait besoin de sa femme et de son enfant auprès de lui. Il se plierait donc aux exigences d'Ella pour y parvenir.

— Tu as perdu tes parents très tôt, et loin de moi l'idée de minimiser ce drame, insista-t-il avec véhémence. Mais mon père à moi a choisi de s'enrichir au lieu de rester avec ma mère. Il l'a abandonnée enceinte, et elle ne s'en est jamais remise.

Dans ces paroles, Ella perçut l'écho de la souffrance que Roman avait dû endurer enfant. Une souffrance encore vivace, visiblement.

— Et toi ? murmura-t-elle.

— Moi ? J'ai cessé d'y penser depuis longtemps.

— S'il te plaît… Parle-moi. J'ai besoin de comprendre ce que cela représente pour toi d'élever notre enfant ensemble.

Il poussa un soupir résigné.

— J'ai grandi en étant le fils illégitime d'une mère célibataire. Je ne suis pas le seul dans ce cas, évidemment, mais ma mère… Elle a trop perdu dans l'histoire, elle a consenti trop de sacrifices pour moi, dit-il en secouant la tête. Elle s'en voulait beaucoup… Moi aussi je m'en voulais, jusqu'au jour où je suis devenu assez grand pour comprendre l'égoïsme de mon père. Ma mère s'est démenée pour me donner tout l'amour dont j'avais besoin. Elle jonglait avec trois emplois pour nous garantir un toit et de quoi manger. C'était elle et moi contre le monde entier. Alors, quand elle est tombée malade…

— Tu t'es retrouvé complètement seul, acheva Ella. Et tu n'avais que treize ans ?

Elle comprit alors pourquoi Roman lui avait apporté une aide aussi efficace auprès de sa grand-mère. Pourquoi il comprenait avant elle ce dont elle avait besoin…

D'autres détails de leur séjour en France lui revinrent en mémoire. Avec ce qu'elle savait maintenant de la vie de Roman après sa visite à Vladimir, son cœur se mit à saigner pour lui, pour son deuil, pour la cruauté de son grand-père, mais aussi pour la personne que tout cela l'avait amené à devenir.

— J'avais onze ans lorsque ma mère est tombée malade. Elle était toute menue, c'est pour cela qu'elle dansait merveilleusement bien. Petite, mais forte, ajouta-t-il avec un sourire triste.

— Danse classique ?

— Oui. Avant de rencontrer mon père, elle était première danseuse du ballet du Bolchoï.

La stupeur d'Ella dut se lire sur son visage. Roman sourit,

manifestement fier de la réussite de sa mère. Une fierté à la fois contagieuse et bouleversante. Un instant, Ella revit le fiancé qui la courtisait et se disait fier d'elle, à l'époque…

— Mais après avoir été abandonnée par Vladimir et par son amoureux, elle s'est retrouvée seule au monde. Elle a fait son possible, mais ce n'était jamais assez de son point de vue. Alors écoute-moi bien, Ella. Mon enfant me connaîtra. Il portera mon nom et ne manquera de rien. Il ne sera jamais obligé de quémander quoi que ce soit auprès de ses parents.

Ella comprenait sa véhémence. Et pour cause, elle partageait cet instinct de protection. Leurs deuils respectifs se rejoignaient, en un sens… Raison de plus pour trouver un compromis afin que tout se passe bien.

Néanmoins, elle n'était plus aussi naïve qu'avant.

— J'y mettrai certaines conditions, dit-elle. Avant tout, je dois savoir qui tu es. Mon mariage est né d'une supercherie, ça suffit, les faux-semblants. Je ne confierai pas aveuglément ma vie et celle de mon enfant à un homme qui m'a trahie. Je te demande donc de ne plus me mentir à l'avenir.

Roman acquiesça en silence.

— Je suis sérieuse, Roman. Je ne supporterai plus le moindre mensonge.

— Je comprends.

— J'ai aussi besoin d'être sûre que tu en as terminé avec tes projets de vengeance, et que tu ne vas pas démanteler Kolikov Holdings. La société appartenait à Vladimir, c'est vrai, mais elle était à mon père aussi. Elle est une partie de l'histoire de notre enfant.

— Une histoire qui serait ta propriété exclusive ? s'exclama Roman dont le sang ne fit qu'un tour. Comment diable vas-tu lui expliquer ça un jour ? Cette compagnie était plus importante pour Vladimir que sa propre fille et même que toi, sa pupille ! Comment peux-tu avoir envie de la voir prospérer ?

Tout ce qu'il avait fait jusque-là, tous ses projets, petits ou grands, réussis ou avortés, ses motivations, ses rêves… Tout cela tournait autour de la destruction de la compagnie de Vladimir. Et maintenant elle envisageait de la conserver ?

Il était prêt à se plier aux demandes d'Ella, mais là… Elle y allait fort !

— C'est la seule chose qui me reste de mon père. Un père dont je me souviens à peine… Nous sommes d'accord pour éviter à notre enfant une épreuve de ce genre. J'aimerais par conséquent que tu acceptes mes conditions. Mais que ce soit clair : si à l'issue des cinq prochains mois je ne veux plus d'une relation avec toi, tu me rachèteras mes parts du capital, nous divorcerons, et tu me laisseras partir.

— Pourquoi est-ce que je rachèterais tes parts ?

— Parce que si je veux me séparer de toi, je couperai aussi tous les liens professionnels entre nous.

— Et notre enfant ?

— Tu m'en accorderas la garde exclusive.

Un rire nerveux s'étrangla dans la gorge de Roman. Si elle s'imaginait qu'il pourrait un jour abandonner son plan de destruction de cette foutue compagnie, elle se trompait lourdement sur sa vraie nature. Rien ne l'arrêterait, pas même ses conditions, et surtout pas cette pitoyable tentative pour l'obliger à rompre la promesse faite à sa mère sur son lit de mort…

Qu'importe. Pour le moment, quoi qu'elle pense, il n'avait aucune intention de les laisser partir, elle et le bébé. Néanmoins, qu'il acquiesce d'emblée à ses exigences lui paraîtrait trop bizarre. Sa femme avait peut-être fait preuve naguère d'une naïveté insigne, elle n'en était pas moins fine et intelligente.

— Moi aussi j'ai des conditions, répliqua-t-il. Si je voyage pour le travail, je veux que tu m'accompagnes…

— Et si mon travail m'amène moi aussi à voyager ?

Mon entreprise en plein essor nécessitera de fréquents déplacements à l'étranger.

— Quelle entreprise ?

— Celle dont je t'ai déjà parlé.

— Tu l'as *fait* ?

— Oui. Enfin… J'ai commencé.

Une lueur d'orgueil et d'excitation passa dans le regard d'Ella, et pour cause. Roman la reconnut pour l'avoir admirée dans les yeux de sa mère, les soirs où elle dansait pour lui sous les étoiles.

— À l'heure où nous parlons, Célia se trouve sur le site de nos bureaux, qui sont en cours d'aménagement, reprit Ella, le ramenant brutalement au présent. Je vais donc devoir habiter Paris.

— Et moi Moscou.

En la voyant batailler vaillamment contre la colère, les yeux brillants et les joues cramoisies, Roman se sentit aussitôt transporté vers cette fameuse nuit, trois mois plus tôt. Son désir se réveilla d'un coup, en dépit de la révélation qui venait ni plus ni moins de mettre sa vie sens dessus dessous. En dépit aussi de la résolution qu'il s'était imposée – ne plus jamais toucher Ella de cette manière…

L'instinct de possession l'envahit. Le corps d'Ella abritant la vie toute neuve qu'ils avaient créée ensemble lui apparaissait plus désirable encore, et la bête en lui se réveillait. Il eut tout à coup envie d'elle avec une férocité qui l'étourdit, un besoin violent de la sentir ployer sous sa langue, sous ses mains, son corps…

— Si nous ne parvenons même pas à nous mettre d'accord sur ce point, que nous reste-t-il à espérer ?

Les paroles d'Ella l'arrachèrent à la brume sensuelle dans laquelle il dérivait malgré lui.

— As-tu déjà des clients ?

— Eh bien, nous sommes en cours de…

— Donc vous n'en avez pas, la coupa sèchement Roman. Moi j'ai non pas une, mais deux entreprises basées en Russie !

— D'accord. Mais de nous deux, qui sera le plus sensible à la fatigue des déplacements ? J'ai du mal à sortir simplement faire mes courses…

— Ne devrais-tu pas t'abstenir de travailler, dans ces conditions ?

— Ne t'avise pas de suggérer que cette grossesse saperait mes…

— Ce n'est pas ce que je dis, Ella. Soit, je m'installerai en France. Néanmoins, nous ne pourrons pas habiter ensemble ici dans cet appartement qui n'est pas le tien. Mes affaires m'appellent à Moscou ces jours-ci, mais je reviendrai avec une liste de propriétés à visiter.

— Je me ferai un plaisir de commencer à chercher par moi-même.

Roman ne releva pas, concentré sur un point qu'il n'arrivait pas à se sortir de la tête.

— Et ma dernière condition : tu partageras mon lit.

— Oh ! je t'en prie ! s'exclama Ella en détournant le regard.

— Ella… Tu as exigé l'honnêteté de ma part, et tu essayes de me mentir maintenant ? Tu n'avais pas de point de comparaison à l'époque mais, crois-moi sur parole, cette nuit folle que nous avons partagée était unique.

Ella tressaillit. Leurs yeux se croisèrent.

— Si tu tiens à me connaître, ajouta-t-il, à me voir dans ma vérité nue, alors tu dois tout prendre.

Ella resta sous le choc. Les vagues idées de cohabitation qui lui étaient venues – un espace à partager le jour, une intimité à retrouver le soir, chacun chez soi – s'évaporèrent comme par enchantement devant les revendications de Roman. Elle s'était en effet demandé si cette nuit-là, qui lui avait semblé si merveilleuse, avait été normale… ou même ordinaire pour lui. Et son discours, la sincérité affleurant dans son regard, l'intensité qu'il dégageait et qui avait, Dieu sait comment, ranimé sa propre ivresse… Tout cela avait quelque chose d'apaisant et d'excitant à la fois.

— Tu es d'accord ? demanda-t-il comme elle gardait le silence.

Elle hocha la tête, incapable de prononcer un mot, et le regarda déplier son grand corps du sofa pour se diriger vers la cuisine avec une grâce déliée dans les mouvements sans doute héritée de sa danseuse de mère.

Il prit l'enveloppe brune et en sortit les papiers où ne figurait qu'une signature. Puis il se retourna vers elle et d'un geste lent, sans la quitter des yeux, les déchira en deux.

Ella ferma les yeux, espérant de toutes ses forces qu'il n'en fasse pas autant un jour prochain avec son cœur.

7.

Au volant de la berline aux lignes racées mise à leur disposition à leur arrivée sur le petit aérodrome toulousain, Roman négociait adroitement les virages sur les petites routes sinueuses du pied des Pyrénées la tête ailleurs et la rage au cœur.

Tout partait à vau-l'eau depuis qu'Ella avait exigé de lui qu'il renonce au démantèlement de Kolikov Holdings. L'objectif de toute une vie ! Même le décès de son grand-père n'avait pas changé la donne. Il voulait toujours voir éradiquée de la surface du globe cette société plus chère au cœur de Vladimir que sa propre fille.

Sauf que maintenant… Il allait devenir père. Et mari. Un *vrai* mari. Il avait été sincère avec Ella, il ferait tout pour protéger et garder son enfant, mais une vie entière de rêves de vengeance ne s'effaçait pas d'un claquement de doigts.

Une vie de loup solitaire non plus. Seul, on ne se disputait avec personne.

— Tu l'as achetée, comme ça ? s'écria sa passagère. Sans me laisser d'abord l'occasion de la voir, de me faire ma propre idée ? Imagine, si j'étais allée acheter une maison de mon côté…

— Ella, si elle ne te plaît pas, nous la revendrons. C'est aussi simple que cela.

— Simple ? Une *maison* ? Quel gaspillage !

— Attends au moins de l'avoir vue.

Avant, il faisait ce qui lui chantait, personne n'était

là pour critiquer ses décisions ou s'y opposer. Il vivait tranquille depuis qu'il s'était échappé des griffes de son quatrième foyer d'accueil à l'âge de seize ans. Aucun des assistants familiaux n'avait été capable de gérer un enfant résolument indépendant et rebelle aux règlements. Toutes les tentatives pour briser les murs érigés autour de son cœur avaient tourné court, et personne n'avait réussi à tenir tête à un esprit si vif qu'on peinait à le suivre.

Avec le recul, il avait presque un faible pour le dernier foyer en date. Ces gens avaient eu au moins le mérite d'être francs, ils ne voulaient pas entendre parler de lui, hormis au moment de toucher leur dédommagement à la fin du mois. C'était largement mieux que le tout premier couple, qui donnait tous les gages d'un accueil chaleureux et ignorait avec constance la haine que lui vouait leur fils naturel, une haine si vive que Roman s'estimait heureux de s'en être tiré avec rien de plus grave qu'un nez en sang et un œil au beurre noir.

Il fallait bien le reconnaître, sans l'aide d'un de ses professeurs qui avait perçu l'intelligence sous son impétuosité rageuse, il n'aurait sûrement jamais décroché la bourse d'études qui l'avait conduit aux États-Unis. Ilyasov avait été la première personne autre que sa mère à ne rien exiger de lui. Son grand-père non plus ne lui demandait rien en apparence. Cela ne l'avait pas empêché de se servir de lui pour punir sa fille.

En comprenant cela, il avait aussi compris ce qu'était le vrai pouvoir. Une histoire de désir. Être capable d'identifier le désir profond de l'autre, ou mieux le *créer*, pour ensuite fournir de quoi l'assouvir… Voilà où résidait le contrôle absolu.

Il avait ainsi cerné précisément le profil de la maison idéale pour Ella durant leurs fiançailles. À l'époque, il avait cultivé, entretenu son rêve sans vraiment avoir conscience que cela touchait une corde sensible en lui. C'était comme si elle avait centré ses projets d'avenir sur sa maison imaginaire tout autant qu'il avait centré les siens sur la vengeance.

Elle pouvait toujours se rebiffer, il savait déjà qu'elle allait adorer la maison qu'il avait dénichée pour elle, avec une certitude qui l'avait amené à débourser près du double du prix qu'il avait pensé y mettre au départ. Pour eux. Et pour ce bébé qui arriverait dans un peu plus de cinq mois et qui n'aurait que ses parents pour le protéger, pour lui donner la priorité absolue, un tout petit être qui tenait déjà fermement son cœur dans son poing minuscule.

Un silence morose était retombé dans la voiture.

Ella avait conscience de se montrer déraisonnable… Jusqu'à un certain point. Et le chaos hormonal de la grossesse n'y était pour rien, hélas ! Ce n'était pas non plus la faute de Roman, qui avait été d'une efficacité irréprochable jusque-là. En trois semaines, il s'était débrouillé pour gérer ses affaires et prendre le temps de dénicher une propriété à partager à deux tandis qu'elle, de son côté, parachevait la création de son entreprise, ignorant volontairement la question angoissante de son avenir avec Roman. Elle s'était ainsi attelée à identifier des contacts à l'international prêts à financer les œuvres de charité ralliées par Célia pour redorer leur image de marque.

Le plus étonnant était de voir son amie, si intimidée à la perspective d'interagir avec de richissimes hommes d'affaires, se révéler tenace et extrêmement persuasive dans la réalisation de sa partie du contrat et y prendre en outre beaucoup de plaisir. Célia semblait tout savoir des œuvres caritatives internationales qu'elle amenait dans leurs filets en vue de les mettre en relation avec les futurs contacts d'Ella.

De son côté à elle, pour le moment la pêche n'était pas miraculeuse. Elle n'avait réussi à ramener dans l'escarcelle commune qu'un rendez-vous hypothétique avec Ivan

Mozorov. Par contraste, l'efficacité de Roman lui donnait un désagréable sentiment d'incompétence. Comme si elle courait à l'échec. Ou avait même déjà échoué.

Elle s'était rendue dans son club moscovite le soir des obsèques de Vladimir pour affirmer sa liberté. Elle en était repartie en ayant noué avec Roman le lien le plus solide qui soit. Ils s'étaient ensuite promis la franchise, de façon à repartir sur des bases différentes et solides... Et il l'emmenait aujourd'hui visiter une maison qu'il avait déjà achetée. Il complotait donc encore dans son dos. Quoi qu'il dise, il n'avait pas changé du tout, constat qui instillait dans leur couple le poison du doute. Ella se sentait mal à l'aise, au bord de la panique. Et aussi coupable, terriblement coupable de s'être laissé piéger alors qu'elle rêvait de liberté.

Ils roulaient maintenant sur un chemin de terre bordé d'immenses champs de céréales ondulant sous la brise. D'un côté de la route un cultivateur s'échinait à faucher le blé, laissant derrière lui des traces qui rappelaient les toiles de Van Gogh. De l'autre, une série de bosquets vert sombre en forme de nuages laissaient apparaître en fond un village aux toits de couleur terre cuite juché sur les contreforts des Pyrénées.

La vue des montagnes se découpant sur l'horizon comme peintes à l'aquarelle fit émerger des souvenirs du temps d'avant – avant qu'elle sache la vérité sur Roman. Une fois de plus, elle senti son cœur se serrer à l'idée d'avoir perdu cet homme. Son fiancé en qui elle avait toute confiance, qui était allé puiser dans son inconscient ses aspirations les plus profondes. Un enfant, un mari, une famille. Quelle ironie ! Ces trois éléments aujourd'hui réunis... Mais dans la douleur, et dans des circonstances si différentes de ce qu'elle imaginait !

La berline contourna un vieux mur de pierre et ralentit devant un portail de fer forgé. Même Dorcas redressa la tête sur la banquette arrière – il se passait enfin quelque chose d'intéressant. Les battants s'ouvrirent lentement, comme pour tenir les nouveaux arrivants en haleine avant de révéler des trésors cachés.

Les roues crissèrent, du gravier ricocha sur la carrosserie. Non sans une certaine satisfaction, Ella sentit Roman flancher à chaque attaque sur sa précieuse voiture. Puis elle découvrit la magnifique bâtisse en pierre couleur crème qui se déployait au bout de l'allée.

De même qu'elle avait su au premier regard que Roman lui briserait le cœur un jour, elle sut tout de suite qu'elle avait là sous les yeux tout ce dont elle avait toujours rêvé. Et tel qu'elle l'avait décrit à Roman.

Pour une raison inexplicable, il lui vint une envie de pleurer. Dorcas gémit d'impatience et griffa le cuir du siège. Roman cilla. *Brave bête*, songea Ella tout en battant des cils.

En descendant de voiture, elle leva les yeux vers l'immense maison d'un étage, un ancien corps de ferme rénové, prolongé de plusieurs dépendances qui attirèrent son regard vers un jardin en pente douce plongeant vers la forêt dans le lointain, où scintillait sous les rayons du soleil une mystérieuse coupole.

— Le kiosque, près du lac naturel qui borde la propriété.

Ella se retourna vivement et fronça les sourcils en voyant une femme élégamment vêtue, à l'accent français. Elle s'adressait tout naturellement à l'homme qui avait payé la maison rubis sur l'ongle.

— Dominique Delvaux, dit-elle en décochant un sourire félin à son mari. Je suis la gardienne du domaine.

Ella ravala de justesse un grognement. Dorcas n'eut pas la même retenue et se mit à gronder sous le regard dédaigneux de la belle Française.

Baissant les yeux sur sa propre tenue, Ella lissa le lin un peu humide et froissé par le trajet et porta machinalement la main à la ceinture de son pantalon un peu serrée, regrettant de ne pas avoir suivi le conseil de Célia et investi dans une garde-robe adaptée à ses rondeurs naissantes.

Elle avait opté pour le confort, tandis que Mlle Delvaux semblait parader sur un podium de haute couture. Ils lui emboîtèrent le pas vers la fraîcheur accueillante du hall d'entrée. Près de la porte, sur un guéridon orné d'une nappe en lin prête à en absorber la condensation, était disposée une carafe d'eau glacée avec concombre et menthe. Poursuivant son numéro de charme à l'intention du nouveau propriétaire, Mlle Delvaux remplit deux verres et contre toute attente tendit le premier à Ella, qui faillit en sourire. Les bonnes manières l'avaient emporté sur la lubricité !

— Merci, dit-elle en français, une main sur son ventre à l'arrondi à peine détectable.

Le regard de la gardienne fila de sa main à son visage. *Message capté*, songea Ella, satisfaite. Mlle Delvaux reprit aussitôt sa casquette professionnelle pour souligner les atouts de la propriété.

— Le bâtiment principal a été construit au XVIIe siècle au cœur d'un domaine viticole. La façade joliment rénovée révèle des espaces vastes et lumineux. Comme vous pouvez le voir, le hall d'entrée absolument spectaculaire de quatre-vingt-dix mètres carrés comprend une magnifique cheminée, tout comme la chambre principale à l'étage, à l'autre extrémité de la maison. Il y a sept chambres en tout, et deux salles de bains ont été ajoutées au moment de la restauration, ce qui porte le total à cinq. Au sous-sol, vous trouverez un garage et une très grande cave à vin…

Un peu distraite, Ella pénétra dans un grand salon sur la gauche avec Dorcas pour seule compagnie, tandis que son mari et la gardienne s'attardaient dans le « hall d'entrée absolument spectaculaire de quatre-vingt-dix mètres carrés ». Ce hall lui rappelait surtout celui de Vladimir, qu'elle avait quitté au pas de course le soir de la révélation de la perfidie de Roman.

Mais ses mauvais souvenirs s'estompèrent sous les flots de lumière se déversant par les fenêtres alors qu'elle absorbait les tons crème apaisants de cette pièce centrée sur une cheminée incroyable, si grande qu'on aurait presque pu se mettre debout à l'intérieur, flanquée de deux canapés. S'aventurant plus avant sur le carrelage terracotta elle découvrit, éblouie, sous de belles poutres en chêne ancien qui se prolongeaient côté salle à manger, une immense cuisine américaine ultramoderne et chaleureuse à la fois en dépit de sa taille.

Sentant peser sur elle le regard de Roman, elle se tourna dans sa direction. Le petit air satisfait qu'il arborait devant le plaisir évident que lui procurait cette maison la doucha. Elle se dirigea sans un mot vers l'escalier et entreprit d'explorer une pièce après l'autre lentement, avec une sensation d'irréel. C'était tout ce dont elle avait toujours eu envie. Le confort et la simplicité de l'ensemble lui évoquaient la petite maison de sa grand-mère. Seule l'extrême richesse pouvait permettre ce luxe. Une richesse dont son mari usait pour l'emprisonner… À moins qu'il ne la mette à son service ? Elle n'y comprenait tout simplement plus rien.

Elle se sentait dépassée, troublée et étrangement blessée du fait que Roman ait déniché une maison sortie tout droit des rêves qu'elle lui avait confiés pendant leurs fiançailles. Alors qu'elle essayait désespérément de voir en lui deux êtres bien distincts – la chimère dont elle était tombée amoureuse et l'homme qui avait détruit son univers –, voilà que cela venait brouiller les lignes. Quel moyen de les différencier désormais ?

Roman, lui, la connaissait intimement, puisque cette maison l'avait tout de suite charmée. C'était cela, peut-être, qui faisait si mal.

Roman prit congé de la gardienne un peu trop zélée et s'attarda, songeur, dans le salon en attendant le retour d'Ella partie inspecter l'étage. À quoi ressemblerait sa vie dans un mois, un an, cinq ans ? Cet espace serait-il jonché de jouets d'enfants ? Rehaussé par les touches subtiles d'Ella sur les murs et ailleurs, à mesure qu'elle imprimerait sa marque sur la maison ? Et quelles traces laisserait-il, lui ? En laisserait-il seulement ?

Un cliquetis de talons dans l'escalier l'arracha à ses pensées. Et brusquement, il eut peur de regarder Ella, peur de savoir ce qu'elle pensait de la maison qu'il avait imaginée à partir des descriptions qu'elle en faisait du temps de leurs fiançailles. Pour peu qu'il se soit trompé…

En se retournant, il ne lut ni ravissement ni déception sur son visage. Une nouvelle fois, la colère d'Ella le prit au dépourvu.

— Qu'est-ce qui ne va pas ? grommela-t-il.

— Rien, répliqua Ella d'une voix blanche. Absolument rien ne cloche ici. Tu as visiblement pensé à tout.

— Et… C'est mal ?

Elle se borna à le fixer.

Soudain, une envie folle le prit d'effacer d'un baiser cette colère, d'en dévier l'énergie pour plier Ella à sa volonté. Mais il ne pouvait pas. Sa femme méritait mieux. Au-delà du ressentiment, il sentait chez elle une tristesse qu'il n'avait pas les moyens de consoler. Il aurait beau s'y atteler le restant de sa vie, ses péchés ne seraient jamais expiés.

D'autant qu'il persistait à en commettre, visiblement, même s'il ne voyait pas du tout en quoi il avait mal agi cette fois.

— Si tu m'expliquais ce qui se passe ?

Elle lui jeta un regard noir, et Dorcas, sagement, choisit de quitter la pièce. Une tempête couvait, et non des moindres. Roman la sentait gronder jusque dans son propre corps.

— Je…

Elle se mit à arpenter le salon de long en large.

— Ella, si tu gardes ça pour toi…

— Tu n'as pas envie de savoir, crois-moi.

— La colère inexprimée fait mal, j'en sais quelque chose. Elle ronge de l'intérieur, anéantit tout ce qu'il y a de positif en toi et te fait basculer du côté obscur avec des rêves de vengeance…

Brusquement ce fut capital pour lui d'entendre ce qu'elle avait à lui dire. Il en avait *besoin*, parce que cela le tuait de voir cette belle et innocente jeune femme pleine de vie aussi tourmentée.

— La maison est parfaite, dit-elle enfin. Elle est tout ce que j'ai toujours voulu sans le savoir, jusqu'au jour où j'ai rencontré un homme dans les bois, qui m'a offert un avenir dont je ne savais pas encore que je le cherchais désespérément.

Ella se détourna pour cacher la souffrance indicible qui lui enserrait la poitrine. Une souffrance née du passé et des promesses d'un avenir qu'elle craignait à présent de ne jamais connaître.

Néanmoins Roman avait raison, il fallait expliquer. Libérer la douleur…

— J'étais petite à la mort de mes parents. Cinq ans ! Trop jeune pour poser des mots sur mes sentiments, ou pour comprendre ce que me disait Vladimir, que mes parents ne reviendraient jamais, que je vivrais avec lui désormais… Trop jeune pour comprendre pourquoi tout faisait mal, pourquoi je jouais sans arrêt avec la maison de poupée et trois figurines en bois représentant un couple avec un enfant. Pourquoi je les faisais dîner ensemble chaque jour. Pourquoi le père et la mère bordaient l'enfant tous les soirs et lui lisaient des histoires… Que cela te plaise ou non, Vladimir s'est occupé de moi. Mais il subvenait surtout à mes besoins matériels. Ma grand-mère, en revanche…

Ella se tordit les mains, affreusement gênée d'avouer

sa solitude comme si c'était un reproche à sa grand-mère si dévouée.

— Les étés avec elle étaient magiques. Elle m'aimait sincèrement. Néanmoins c'était une vieille dame qui avait élevé puis enterré son enfant. Pas exactement un compagnon de rêve pour une petite fille. J'ai passé plus de temps toute seule dans les bois, la tête pleine de contes de fées, à me cacher dans les buissons, à courir après les oiseaux et les lapins. J'étais… isolée. Il n'y avait pas d'autres enfants avec qui jouer, ils étaient tous déjà avec des camarades de classe ou partis en vacances ailleurs.

Et quelque part au fil de ces mois, de ces interminables journées d'été, elle s'était forgé une idée de son avenir. Un avenir qui lui tendait les bras aujourd'hui tout en se refusant à elle.

— Quand je t'ai rencontré, reprit-elle sans regarder Roman, tu m'as offert ce dont je rêvais. Une compagnie, une oreille attentive, et même ce qui me manquait depuis qu'on me l'avait arraché à l'âge de cinq ans – un foyer. Une famille. Tu as exaucé mes vœux, et aujourd'hui… C'est tellement proche de ce que je voulais et en même temps si loin !

— Les rêves ne sont pas la réalité.

— Comme ton rêve de vengeance ? répliqua-t-elle du tac au tac. Ce n'est pas la maison, Roman. C'est juste que… Toutes les choses que je voulais sont là à ma portée, mais je ne peux pas m'empêcher de redouter la solitude à venir, ici dans cette maison parfaite, comme autrefois dans les bois.

Elle lui jeta un regard en biais, espérant contre toute logique un mot rassurant de sa part qui ferait disparaître toutes ses peurs. Il semblait tétanisé à l'idée de lui répondre, conscient peut-être de l'enjeu lui aussi, et surtout de la vraie question qu'elle venait de lui poser indirectement.

— Ella… Je ne veux pas faire de promesses que je ne pourrai pas tenir, dit-il enfin en secouant la tête. Il y en a déjà eu suffisamment entre nous… Mais tu es enceinte de mon enfant, tu es ma femme. Tu n'es pas toute seule dans cette histoire, à moins que tu ne choisisses de l'être. Lorsque je ne serai pas présent dans cette maison, je resterai disponible au bout du fil à tout moment, *à tout moment*, en cas de besoin. Je pourrai rentrer sur-le-champ avec mon jet si tu le désires. Et si tu trouves que mes affaires en Russie me retiennent trop longtemps, nous irons ensemble quand tu le voudras… Mais, Ella, le vrai problème est ailleurs, n'est-ce pas ? ajouta-t-il avec une simplicité désarmante.

Des pépites d'or scintillaient dans ses prunelles bleues. Comme s'il était fait de ce métal.

Ella pinça les lèvres et tourna les talons, ne prêtant aucune attention aux longues foulées souples de l'homme derrière elle. Une main se posa sur son poignet au moment où elle franchissait le seuil, l'obligeant à se retourner.

À bout de forces, elle rendit les armes.

— Oui, en effet. C'est toi, le problème ! Je n'ai pas confiance en toi. Tu as détruit les seules choses stables et solides que j'avais dans ma vie. Tu m'as privée d'un tuteur dévoué que tu as remplacé par un monstre insensible, sans cœur et manipulateur. Tu m'as privée de l'homme dont j'étais amoureuse, avec lequel je comptais passer le restant de mes jours, un homme auquel j'ai confié mes rêves et mes espoirs d'un futur commun. Et je suis censée croire maintenant que tu ne m'enlèveras pas tout ceci ? Comment diable pourrais-je te faire confiance ?

Roman mourait d'envie de contredire sa femme, de s'insurger contre de telles paroles… C'était impossible pourtant. Ella avait bel et bien été manipulée par lui-même et par Vladimir. Et s'il avait tenté de se dédouaner en se disant que c'était nécessaire pour assouvir sa soif de vengeance et rien d'autre, confronté aujourd'hui aux conséquences de ses agissements il ne pouvait plus se voiler la face devant l'horreur de ses actes. Il ne pouvait plus nier que l'autorité et le sang-froid incroyables dont avait fait preuve Ella le soir où leur enfant avait été conçu n'était qu'une fine couche de défense toute neuve contre la dévastation profonde qu'il avait causée chez cette femme hors du commun.

Il se maudit tout bas en se traitant de tous les noms.

— En achetant cette maison, je voulais te montrer que tu pouvais avoir ce que tu désirais le plus au monde…

— Justement. Tu connais mes désirs les plus profonds parce que tu m'as soutiré des confidences pendant nos fiançailles… Je ne peux pas en dire autant. Je sais seulement que tu as pris à mon insu des décisions que j'aurais préféré prendre moi-même. Tu m'as…

— Je t'ai privée de ta liberté.

Elle hocha tristement la tête en mordillant cette lèvre inférieure qu'il convoitait tant. Il se sermonna de plus belle pour ces pensées inappropriées.

— Je n'ai pas l'habitude de penser aux autres, concéda-t-il d'une voix bourrue. Longtemps, j'ai été seul aux commandes de ma vie. Mais cela va changer. Je comprends sincèrement le sentiment que tu éprouves et je sais que j'en suis la cause, mais laisse-moi te prouver que je suis digne de ta confiance. Je ne prendrai plus de décision sans t'en parler d'abord. Je te le promets.

Il soutint le regard d'Ella, déterminé à lui donner à voir sa sincérité. Cette promesse, il la tiendrait coûte que coûte !

— Tu as raison, ajouta-t-il, j'ai vu ta vraie personne. Pas simplement l'ingénue dont j'ai profité un temps, mais la femme forte qui a mis ses rêves de côté parce qu'elle aimait tendrement sa grand-mère. Une femme déterminée à utiliser l'argent reçu de son tuteur et de son père pour créer une entreprise au service d'œuvres caritatives partout dans le monde, au lieu de le gaspiller en plaisirs superficiels et éphémères. Une femme qui, même après des événements qui auraient terrassé n'importe qui, a trouvé l'énergie de réclamer son dû. Cette femme-là, je la trouve incroyable. Si captivante que j'en suis venu à la supplier de prendre ce qu'elle voulait de moi – tout ça pour rester sur ma faim après son départ.

Un soupir lui échappa.

— Tu seras une mère formidable, Ella, aimante et honnête, d'une intégrité morale qui me rend, moi, honteux en comparaison... Cependant, tu dois décider si oui ou non tu peux me faire confiance. Sans cela, tu remettras sans arrêt mes choix en question, et ça te rendra folle.

Exactement comme lui-même devenait fou après la mort de sa mère, à force de se demander s'il aurait pu faire davantage pour la sauver. Pas question de laisser Ella se charger d'un tel poids.

Il sortit de sa poche les clés de la maison et les lui mit dans les mains.

— C'est l'unique trousseau, Ella. L'acte de propriété est à ton nom. La maison est à toi. Totalement à toi. Tu peux en disposer à ta guise, la vendre ou la garder. Je t'attendrai dehors, prends ton temps.

À peine parti, Roman lui manqua cruellement. La part d'elle gorgée de colère douloureuse lui soufflait qu'elle ne pourrait jamais lui faire confiance. La plus tendre observait cette maison comme tissée de l'étoffe de ses rêves et espérait. Il avait raison. Tirer un trait sur le passé était la seule façon de donner une chance à l'avenir.

Ce serait si bon d'être telle que l'avait dépeinte Roman. En l'écoutant tout à l'heure elle avait espéré qu'il disait vrai. Au lieu d'utiliser ses peurs contre elle, il les avait entendues et apaisées.

Ella embrassa le salon du regard en essayant d'imaginer à quoi pourrait ressembler son avenir et, pour la première fois depuis longtemps, elle se sentit assez forte pour l'atteindre.

Au cœur de cette force, toutefois, résidait une certitude. Peut-être parviendrait-elle à se fier à son mari sur ce point concret –, mais jamais elle ne lui confierait son cœur. Impossible. Cette blessure-là serait insurmontable.

En quittant la maison, elle aperçut Roman assis sur les marches du perron avec Dorcas qui levait la tête vers lui d'un air joyeux et plein d'espoir. Sa chienne, son mari, sa maison. Ce tableau l'émut au-delà du raisonnable.

— Eh bien, dit-elle, quelles autres merveilles recèle encore cette charmante propriété ?

Roman sourit sans rien dire, et l'étau dans sa poitrine se desserra légèrement.

8.

Ella sourit en raccrochant après avoir passé en revue avec Célia les détails du rendez-vous de ce soir avec Ivan Mozorov. D'autres contacts s'annonçaient tout aussi prometteurs. Leur petite entreprise était près de décoller ! Célia lui avait envoyé des photos de leurs bureaux parisiens, qui seraient sous peu non seulement opérationnels, mais également magnifiques.

Ici aussi tout allait bien, avec Roman. Ils étaient parvenus à un accord sur l'emploi du temps hebdomadaire. Il passait les trois jours du milieu de semaine en Russie, le lundi et le vendredi étaient réservés aux trajets, et le week-end il lui tenait compagnie en France. Quant à partager son lit… Roman avait bien posé cette condition au départ, mais il n'avait pas insisté pour la mettre à exécution. Elle avait été soulagée sur le moment. Néanmoins, le temps passant… une pointe de déception se faisait jour.

Jamais elle n'aurait pensé savourer la grossesse, pourtant quel bonheur, cette vie nouvelle dans son ventre qui avait maintenant la taille d'une poire… Son corps libéré des nausées des premières semaines commençait à s'épanouir, chaque jour elle s'émerveillait de ces changements subtils. Roman s'appliquait pourtant à l'ignorer la plupart du temps.

Ella fit rouler ses épaules à cette pensée pour chasser un vague sentiment de frustration. C'était comme si, maintenant que l'espace lui avait été offert pour s'adapter tranquillement à la situation, elle ne pouvait plus échapper au souvenir de la nuit extatique partagée avec Roman, qui ranimait invariablement son désir. Cela virait même à l'obsession. Chaque matin elle s'habillait en pensant à Roman, avec l'idée de l'attirer vers un projet qu'il semblait désormais considérer comme déplacé.

Lorsqu'elle ne convoitait pas son mari, elle se délectait de la maison qu'il avait dénichée pour eux. L'emplacement était idéal, à une heure de vol de Paris et proche de la maison de retraite où vivait sa grand-mère. Elle avait d'ailleurs rendu plusieurs visites à Claudette, même si cela lui coûtait chaque fois de quitter cette belle propriété.

Il y avait tant à voir et découvrir ici. Le matin, après le petit déjeuner, elle partait arpenter le domaine avec Dorcas jusqu'à la rivière qui en bordait la limite et dans laquelle la chienne plongeait régulièrement avec une joie communicative. Ella se mettait à rire, et les blessures du passé s'envolaient alors comme par enchantement.

Son coin préféré restait le petit kiosque couronné d'un dôme cuivré. Chaque jour, elle posait les mains sur la pierre froide des piliers presque gris, en se demandant qui en avait fait autant au cours des années précédentes. Elle se plaisait à imaginer les femmes qui s'étaient tenues là pour admirer cette même vue, génération après génération, et se sentait d'étranges affinités avec elles.

Que penseraient-elles, ces femmes, de ses choix pour la maison, des touches personnelles ajoutées à des espaces déjà incroyables en soi ? Elle avait ainsi transformé l'une des chambres en un bureau équipé de technologies de pointe. Roman avait insisté sur ce point, en mari modèle offrant le meilleur à son épouse… Sur le plan matériel du moins. Les sentiments, c'était une autre histoire.

Ella quitta son bureau et gagna sa chambre provisoire. C'était bien en ces termes qu'elle y pensait – une chambre qu'elle habitait momentanément, en attendant de s'installer enfin dans celle de son mari. Elle ouvrit la grande penderie, balaya des yeux ses nouvelles robes et décrocha celle qu'elle avait prévu de porter ce soir à Paris pour son rendez-vous avec Ivan Mozorov. Son regard tomba sur la cape rouge achetée par son fiancé un an plus tôt.

Par crainte d'ébranler les bases encore fragiles de ce qu'ils étaient en train de construire ensemble, elle avait évité jusque-là de les remettre en question. Aujourd'hui cependant, en regardant cette cape, elle ne put s'empêcher de penser que ce pouvait être l'électrochoc dont ils avaient besoin. À la fois le rappel de ce qu'ils avaient été, et le signe de ce qu'ils pouvaient devenir.

Un virage serré sur la gauche. Le jet amorçait sa descente vers le petit aérodrome près de Toulouse. Roman se passa la main sur le visage dans un effort dérisoire pour gommer la fatigue, forcément visible à cette heure puisqu'il l'éprouvait dans chaque fibre de son corps.

Gérer deux entreprises en parallèle se révélait plus complexe que prévu. Un audit exhaustif avait montré que celle de son grand-père n'avait pas seulement pris de l'envergure au fil des ans, elle avait aussi cumulé des dettes. Le cœur de Roman se serra. Le vieux salaud avait bel et bien eu le dernier mot.

Rien ne lui aurait plu davantage que de tailler en pièces Kolikov Holdings. Sans cette promesse faite à Ella… Un soupir lui échappa. Le dilemme lui pesait. D'un côté son instinct, affûté dix-huit ans durant, de l'autre la volonté affirmée de s'amender et de mieux faire, conformément au vœu d'Ella. Irait-il pour cela jusqu'à faire une croix sur ses propres aspirations ? Il avait du reste demandé à son équipe de préparer deux projets antagonistes, une liquidation et une restructuration complète.

Cependant le vrai problème était ailleurs, s'avoua-t-il à contrecœur. S'il était épuisé, c'était surtout parce qu'il n'avait pas dormi une seule fois correctement depuis son emménagement dans la nouvelle maison, tant cela le minait de savoir Ella à deux pas de lui, au fond du couloir, cela parce qu'il avait finalement renoncé à imposer les dispositions qu'il lui avait crânement lancées à la figure à Paris dans un mouvement d'humeur.

Et lorsqu'il ne pensait pas jusqu'à l'obsession au plaisir fou que seule son épouse avait su lui donner, il s'interrogeait sur le genre de père qu'il serait bientôt. Le sien l'avait abandonné. Vladimir avait été un manipulateur de la pire espèce. Les foyers d'accueil ensuite ne valaient guère mieux. Jusqu'à maintenant il avait tracé sa route en solitaire, avec la vengeance comme seul repère. Et s'il trahissait son enfant ? S'il trahissait Ella ? Toutes ces idées s'infiltraient dans la forteresse qui protégeait ordinairement sa conscience – la certitude qu'il agissait de manière juste.

Avoir conçu deux plans d'action opposés pour Kolikov Holdings, sincèrement, était-ce agir de manière juste ? Pour Ella ?

En claquant la portière du taxi qui l'avait ramené à la maison Roman referma aussi la porte sur ses peurs, qu'il se refusait à exposer à sa femme. Fidèle au poste sur le perron, Dorcas agita frénétiquement la queue en se gardant de lui sauter dessus, et pour une raison mystérieuse cet accueil chaleureux allégea la tension dans ses épaules.

Il se figea dans le hall à la vue de sa femme en train d'enfiler avec soin des boucles d'oreilles devant le grand miroir au-dessus de la console. Un geste simple et si familier qu'il mit un moment à s'apercevoir qu'elle portait sur le dos une création sublime qui étincelait sous les lustres.

Le corsage était composé de milliers de petits plis rose pâle qui se rejoignaient entre les seins d'Ella, attirant son œil affamé sur la perfection qu'ils dissimulaient. Les mancherons parsemés de cristaux semblaient tout près de glisser de ses épaules, illuminant la ligne magnifique de sa gorge. Sous la taille cintrée, le tissu plongeait jusqu'au sol dans une débauche de soie plissée.

La beauté de sa femme la fit chavirer au point de le priver de mots, et même de toute pensée, hormis une seule qui tournait en boucle dans sa tête.

Elle est à moi.

À cet instant, Ella se tourna vers lui, la tête penchée, les doigts pincés sur une boucle, et fronça les sourcils. Une lueur chagrine traversa son visage.

— Tu as oublié, dit-elle en se retournant vers le miroir.

Roman faillit répliquer qu'il venait d'oublier jusqu'à son propre nom. Puis il aperçut le carton d'invitation posé sur la console, et sa gorge se contracta.

— Le ballet…

— Le rendez-vous avec Ivan Mozorov, rectifia Ella. Cet homme qui aime apparemment joindre l'utile à l'agréable a daigné m'accorder le temps de l'entracte pour lui présenter ma démarche.

Elle pivota de nouveau, les bijoux enfin en place.

— Pas grave, dit-elle d'un air qui signifiait le contraire. Tu peux rester ici…

— Dix petites minutes, et je suis à toi.

Sans attendre sa réaction, Roman s'éclipsa pour prendre une douche expresse, pressé de laver la sueur froide qui lui trempait la nuque.

Ella n'avait pas conscience de ce qu'elle avait fait en l'invitant à l'accompagner à cette soirée, de l'effet que cela provoquerait chez lui. Et cela faisait mal.

Il se dévêtit à la hâte avec des gestes d'automate, hanté par la vision de sa mère plantée devant le petit téléviseur noir et blanc dans la petite chambre qu'ils partageaient, regardant son ancienne compagnie de ballet se produire devant le président russe, concentrée, les yeux écarquillés et brillant de larmes retenues. Même à cet âge, il avait deviné les pensées qu'elle ne formulait pas à voix haute.

Ça aurait pu être moi. Ça aurait dû *être moi.*

Les câlins timides, les mots de tendresse qu'il lui avait soufflés n'avaient pas suffi à la tirer de sa transe tandis qu'elle buvait des yeux chaque seconde du spectacle.

Il n'avait plus jamais revu le ballet. Jusqu'à ce soir.

Le palais Garnier, au cœur de Paris, était une splendeur. Ella s'émerveilla de la profusion baroque de coupoles et d'arcades de cet opéra construit au XIXe siècle, flanqué de deux statues de bronze doré majestueuses. Quant à l'intérieur, il lui parut presque trop beau. Le sol en marbre éblouissant s'étirait jusqu'au grand escalier à double volée au pied duquel deux statues torchères invitaient le visiteur à s'acheminer vers la salle de spectacle, à l'étage.

Tout en prenant place avec son époux dans la loge que Célia s'était débrouillée pour réserver à leur intention, Ella tenta de repérer Mozorov dans le public, sans succès. Les chuchotements montant des fauteuils d'orchestre firent courir des frissons d'excitation sur sa nuque. Cela faisait des années qu'elle n'avait pas assisté à un spectacle de danse.

Tant de choses avaient changé depuis… Vladimir, disparu de sa vie. Elle, mariée, sur le point de devenir mère… Allons ! L'essentiel, c'était sa mission du jour. Non pas la représentation qui allait bientôt commencer sur la scène, mais celle qui se jouerait en coulisses ce soir pour décrocher son premier client. Une chance que Roman ne se soit pas décommandé, en fin de compte…

Quoique. Jetant un regard à son mari assis près d'elle, très tendu, la mine sombre, elle se demanda s'il n'aurait pas mieux fait de rester dans le Sud. Alors qu'elle rassemblait son courage pour lui demander si tout allait bien, les premiers accords s'élevèrent, un silence religieux se fit. Les lumières s'adoucirent, et très vite Ella se laissa bercer par l'histoire aussi belle que déchirante de *Giselle*.

L'entracte venu, le mouchoir serré dans sa main était humide des larmes qu'elle avait versées en cachette. Qu'à cela ne tienne, elle devait maintenant se concentrer sur son travail.

Lorsqu'elle lui proposa de l'accompagner, Roman déclina, les yeux rivés sur la scène déserte. Elle partit donc seule en quête d'Ivan Mozorov sans s'interroger davantage, l'angoisse du résultat au cœur.

— Viens. Nous partons.

Roman crut entendre la voix de sa mère et tressaillit, brutalement arraché à ses souvenirs. Comment avait-il pu oublier cette sortie prévue à l'opéra ? Son inconscient lui avait vraiment joué un sale tour. Il mit un moment à assimiler les paroles d'Ella.

— Partir ? s'exclama-t-il. Maintenant ?

— Oui… Je veux rentrer.

Il quitta précipitamment la loge à sa suite.

— Que s'est-il passé avec Mozorov ?

Elle ne lui répondit qu'une fois installée dans la limousine qui les attendait au pied des marches pour les emmener jusqu'à l'hélicoptère réservé pour l'occasion.

— Rien.

— Rien ?

— Tu vas répéter longtemps tout ce que je dis ?

— Mais ton argumentaire était irréprochable ! Il fallait être fou pour rejeter cette proposition…

— Rien à voir, répliqua Ella sans le regarder.

— Alors…

— C'est toi, le problème !

— Quoi ?

— Ivan Mozorov s'est dit sincèrement navré, mais il est hors de question qu'il fasse affaire avec « l'épouse du Grand Méchant Loup », je cite.

Une fureur presque sauvage envahit Roman. À l'idée d'avoir causé la détresse d'Ella…

Quelle ironie tout de même ! songea-t-il en se mordant la lèvre. Mais l'urgence était d'agir. Qu'on l'attaque lui, ce n'était pas un souci, il en faisait son affaire, mais s'en prendre à sa femme !

— Il va le regretter, marmonna-t-il, les dents serrées.

— Roman, tu ne vas quand même pas harceler mes futurs clients…

— Je trouverai quelqu'un pour toi.

— Non.

— Mais…

— J'ai dit non. Tu en as déjà fait assez comme ça, tu ne crois pas ?

Là-dessus, elle se referma comme une huître et opposa à chacune de ses suggestions un silence éloquent.

Sa part de responsabilité dans l'échec d'Ella ce soir lui vrillait le cœur. Une fois de retour à la maison, tandis qu'elle se retirait calmement dans sa chambre sans un mot, il renonça à trouver le sommeil, en proie à une rage croissante. Le besoin de bouger, de se décharger de cette énergie qui l'électrisait jusqu'au bout des doigts était si violent qu'il ressortit dans la nuit et s'engagea sans réfléchir dans le jardin en pente douce menant à la rivière.

La nuit noire l'enveloppa d'un brouillard tissé des images du passé et des soucis présents. La réputation qu'il s'était bâtie pour parvenir à ses fins avec Vladimir venait désormais compromettre l'avenir d'Ella. La douleur s'était logée dans sa gorge, telle une boule de feu compacte, insupportable.

Ella n'arrivait pas à dormir. Une bonne dose de frustration l'agitait depuis qu'Ivan Mozorov avait rejeté son offre en invoquant non pas des failles dans son projet, mais la personne de son époux. Un comble ! Une fois de plus, elle avait été considérée comme le prolongement de quelqu'un d'autre et non jugée sur ses propres compétences. C'était une façon de s'en prendre à Roman à travers elle, et même lui n'y pouvait rien, quand bien même il semblait s'en vouloir terriblement.

Après réflexion, à mesure que la soirée lui revenait par flashs, elle prit conscience que quelque chose ne tournait pas rond chez lui depuis son retour, bien avant l'entracte. Elle n'y avait prêté grande attention sur le moment, mais l'aura ténébreuse qu'il dégageait alors ne ressemblait ni à son fiancé ni à l'homme qu'elle avait épousé. Étrange. Elle éprouva soudain le besoin d'en avoir le cœur net et partit à sa recherche.

Personne dans sa chambre. Dans le couloir, Dorcas leva brièvement la tête depuis son panier installé dans un coin du palier, avant de décider que tout cela ne concernait que les humains et qu'elle pouvait donc se rendormir.

Par la grande fenêtre, Ella contempla le jardin, les bosquets, le dôme du kiosque luisant sous la lune et la brèche argentée du lac entaillant l'horizon tout au bout de la propriété. L'instinct lui souffla que Roman était parti de ce côté-là. Elle fila dans sa chambre et attrapa la première chose qui lui tomba sous la main – sa cape rouge. Elle la glissa autour de ses épaules et se faufila au-dehors, pieds nus, droit vers la forêt.

Elle le trouva assis sur les marches du kiosque, les yeux perdus dans le lointain. De fines nappes de brouillard roulaient depuis le pied des Pyrénées, créant une atmosphère fantomatique teintée de mélancolie. Ella retint son souffle à la vue de son mari figé comme la pierre sur laquelle il était assis, manches retroussées, la cravate défaite pendant sur les côtés du col, les cheveux rejetés en arrière et les mâchoires serrées comme pour tenir tête à une foule d'émotions désagréables. *Dans la même attitude en fait*, songea Ella, *que tout à l'heure pendant le spectacle.*

Il poussa un soupir qui exhalait bien davantage que de l'air. Il avait donc senti sa présence. Sans prononcer un mot, Ella passa de l'herbe printanière douce déjà humide de rosée à la pierre froide et frissonna en prenant place à côté de lui.

Ils restèrent ainsi un moment, dans un silence vibrant de non-dits, une conversation de corps s'ajustant à la présence l'un de l'autre.

— Tu viens souvent par ici ? murmura enfin Ella.

— Oui.

— Vraiment ?

— Oui, répondit Roman en souriant dans le noir.

— Je ne savais pas.

— Je… J'ai toujours eu du mal à dormir, mais…

— Mais c'est pire ici ?

Il hocha la tête. Elle s'apprêtait à lui demander pourquoi, mais contre toute attente il devança sa question.

— Quand j'étais petit, dit-il, ma mère… Vladimir lui avait coupé les vivres, et la grossesse l'empêchait de danser. Une riche famille de Voskresensk l'a embauchée comme femme de ménage. Des gens corrects, pour ce que j'en sais. Ils avaient ce jardin en bordure d'une rivière, et souvent, en particulier les derniers temps alors qu'elle était déjà malade, ma mère me réveillait au milieu de la nuit pour m'emmener danser sous les étoiles.

Roman aurait juré l'avoir vue ce soir, sa mère, comme si elle avait été convoquée par le souvenir. Pirouettant sous le firmament dans une robe légère de coton blanc, les bras souples fendant l'air nocturne au rythme d'une musique qu'elle seule pouvait entendre, à petits pas doux et dans des arabesques folles…

Il était resté assis comme ça à la regarder des heures durant des dizaines de fois. Ce n'était pas assez, il n'en avait jamais assez, même tremblant de froid il aurait donné son âme pour que cela dure une éternité, parce que c'était le seul moment où sa mère était heureuse, vraiment heureuse. Vraiment libre.

— C'était une ballerine extraordinaire. Sa dernière prestation avec le ballet du Bolchoï, c'était *Giselle*.

Ella étouffa une exclamation.

— Comment était-elle ? demanda-t-elle à voix basse après un temps de silence, comme pour ne pas déranger les fantômes.

— Triste. Elle était souvent triste. C'était dur, la vie de femme de ménage, après une enfance passée dans le luxe. Même petit je sentais sa détresse de ne pas pouvoir m'offrir davantage, je l'ai vue se démener pour travailler tout en élevant un enfant seule. Pourtant, les nuits où elle m'emmenait dehors… Cela me suffisait.

— Je suis désolée. Tellement désolée. Si j'avais su, jamais je ne t'aurais demandé de m'accompagner.

— Je sais.

— Je regrette de ne pas l'avoir vue danser.

Il sourit. Qu'importent les circonstances de leur mariage, Ella aurait plu à sa mère, il le savait. Sa douceur innée, sa bonté. Tout ce qu'il n'était pas. Tout ce qu'il avait rejeté à la seconde où les yeux de sa mère s'étaient fermés à jamais.

Pour la première fois, Roman songea qu'elle n'aurait peut-être pas aimé en revanche ce qu'était devenu son fils.

— Elle aurait été fière de ta réussite, déclara Ella.

— Mais aurait-elle été fière de moi ? murmura-t-il, formulant enfin sa peur à voix haute.

Il crut d'abord qu'elle ne répondrait pas, faute de trouver une seule qualité rachetant ses turpitudes. Puis il sentit une petite main se faufiler sous son bras.

— Ta mère aurait été fière de l'homme résolu à élever son enfant, à offrir à sa femme la maison de ses rêves, à la réconforter lorsqu'elle se sent perdue…

— Même si elle se sent perdue à cause de lui ?

Ella posa la tête sur son épaule.

— Elle aurait été fière de tes efforts pour évoluer dans le bon sens et t'améliorer pour le bien de ton épouse et de ton enfant. C'est tout qu'on peut faire, tous. Essayer.

Elle se tut et pesa ses mots.

— Je t'ai dit que j'étais désolée de t'avoir demandé de m'accompagner à l'opéra ce soir. En fait, je ne le suis pas tant que ça, parce que c'est ce qui nous a amenés jusqu'ici. Ainsi je connais un peu ta mère à présent.

— Cela faisait des années que je n'avais pas pensé à ses danses sous la lune, reconnut Roman d'une voix sourde.

— Quel dommage ! Eh bien, moi je veux que ces souvenirs remontent à la surface, que tu me parles d'elle, ainsi notre enfant apprendra à connaître sa grand-mère. De mes parents, il me reste à peine de vagues souvenirs, mais ma grand-mère m'a raconté. Toi aussi, raconte-moi Tatiana. Partage des histoires, des anecdotes, des moments de rires et d'amour. Pour notre enfant.

Roman regarda sa femme comme s'il la voyait vraiment pour la première fois, avec ses grands yeux ronds couleur de bleuet et ses lèvres rouge vif sur sa peau crémeuse au clair de lune. Il eut envie de se perdre en elle. De prendre ce qu'elle offrait, consciemment ou non… En avait-il le droit ? Son contact, ses baisers seraient-ils les bienvenus après les dégâts qu'il avait causés dans sa vie ?

Comme si elle avait senti son hésitation, senti le tour que prenaient ses pensées, mais aussi le feu follet du désir qui vibrionnait en lui, comme si tout ce temps, ces longues semaines, ces mois de passion frustrée leur revenaient en pleine figure au même moment, Ella l'attira contre elle et captura sa bouche avec ardeur.

D'un seul coup, Roman oublia ses dilemmes, les ombres du passé comme les incertitudes de l'avenir. Il attrapa la cape, l'étendit sur le marbre du kiosque et allongea Ella sur cette couche pourpre improvisée.

— C'est l'image que j'avais en tête en achetant cette cape, avoua-t-il d'une voix altérée. Te l'offrir pour pouvoir te la retirer un jour et révéler la beauté cachée au-dessous.

Sa fine chemise de nuit luisant sous la lune lui donnait l'air d'un ange tombé entre les mains d'un monstre.

— Je devrais te ramener dans la maison pour t'offrir des draps doux et un matelas moelleux. Tu mérites tellement mieux que ça.

Ses yeux d'un bleu incroyable se braquèrent sur lui.

— Je ne voudrais être nulle part ailleurs qu'ici sous les étoiles avec toi.

Pour toute réponse, Roman avait repris ses lèvres. Ella sentit un cri monter dans sa gorge. Cri de souffrance, de désir, de soulagement infini. Les ultimes barrières entre eux avaient cédé. Corps pressés l'un contre l'autre, langues qui dansent, et puis sa chemise de nuit glissant sur ses cuisses, froissée dans les poings de Roman…

Ses tétons pointaient sous l'étoffe vaporeuse, trahissant son désir. Tant mieux, elle n'avait plus envie de le cacher. Plus envie que la violence de ce désir naisse de la colère, du ressentiment, ou d'une aspiration à l'inconnu. Cette fois, elle visait plus haut. Parce qu'elle savait que cette nuit leur avait coûté à l'un et à l'autre, et que seule une connexion intime leur offrirait le réconfort que les mots ne parvenaient pas encore à leur apporter.

Tandis que les baisers pleuvaient sur sa gorge et son décolleté, les boutonnières de la chemise de Roman résistaient sous ses doigts trop fébriles, malhabiles… Il s'écarta le temps de la retirer par la tête, saisi d'une égale impatience. Son pantalon s'envola avec sa chemise, mais au lieu de la rejoindre ensuite il s'immobilisa pour la dévorer du regard. Il y avait quelque chose dans ses prunelles… Si sombre, si profond. Ella posa la main sur sa joue. Il secoua la tête.

— Je… Je ne sais même pas si je peux espérer être l'homme qu'il faut à tes côtés. Tu me donnes cette espérance, mais…

— Tu m'as demandé un jour de te faire confiance. À mon tour maintenant. Fais-moi confiance, Roman, moi je sais que tu peux être cet homme. Tu l'es déjà.

La vérité de ces paroles résonna dans son cœur. Un cœur qui souffrait pour son mari, pour les épreuves qu'il avait endurées et tous les sacrifices qu'il avait consentis. Pour le petit garçon se jurant de venger sa mère et plus tard pour l'homme acharné à s'amender, pris de peur ce soir à l'idée de s'ouvrir à ce qui se tissait entre eux et qui n'avait pas encore de nom.

Roman l'embrassa comme s'il partageait le besoin d'éprouver la pureté de leur connexion ce soir. Sa chemise de nuit remonta encore sur ses cuisses. Les paumes de Roman, leur chaleur, douce torture car chaque mouvement les rapprochait de l'endroit où elle mourait d'envie de les sentir.

— Dis-moi que tu en as envie, chuchota-t-il. Dis-moi que tu es aussi perdue que moi…

— Oui. Oui ! Je te dirai tout ce que tu veux, pourvu que là tout de suite, tu…

Les mots moururent sur ses lèvres comme il se glissait en elle sans prévenir, tout en douceur, la propulsant vers des sommets dont elle ne se savait même pas si proche. Ses mains volèrent vers les hanches qui battaient entre ses jambes, encore et encore, lui offrant un plaisir dont elle ne serait sûrement jamais repue, jamais lasse, c'était impossible…

Presque contre sa volonté, Ella vola soudain tout là-haut dans le ciel piqueté de millions d'étoiles avec l'étrange sensation en même temps de ne faire qu'un avec cet instant, ce lieu magique, cet homme… Roman.

9.

Ella n'était jamais retournée dans sa chambre. Depuis la nuit à l'opéra, elle partageait le lit de Roman, l'attendait pendant ses séjours en Russie et l'accueillait avec un sourire rayonnant à chacun de ses retours.

Et lui s'émerveillait de voir ce qui avait été au début une présence infime, presque imperceptible, prendre corps et consistance. Il avait fallu renouveler sa garde-robe de maternité. D'ici quelques semaines, sa grossesse s'afficherait plus franchement et, avec elle, la preuve constante que sa femme portait son enfant.

La deuxième échographie – la première à laquelle ils se soient rendus ensemble – lui avait fait une peur bleue, mais tout allait bien. Ils avaient soupiré de soulagement, s'étaient saisi la main en même temps, épaulés, réconfortés, et Roman avait senti une nouvelle pierre céder dans le mur qui protégeait son cœur.

Seulement, à mesure que tombaient les pierres la peur s'insinuait dans les failles, et avec elle des pensées insidieuses, des chuchotements intérieurs qu'il s'évertuait à étouffer. Son innocente épouse avait déjà suffisamment pâti de ses mauvais choix. Elle avait essayé de son côté de lui cacher sa déception après l'échec de son premier contrat, mais les coups de fil inquiets à Célia, sa partenaire, ne lui avaient pas échappé. Qu'Ella cherche à le protéger *lui* de la responsabilité de cet échec, cela le rendait malade. Il avait peut-être passé toute sa vie à rêver de vengeance, pour autant il ne se sentait plus dans la peau du Grand Méchant Loup, surnom qui désormais ne lui inspirait que du dégoût.

Il s'était trouvé une meute. Dorcas s'était mise à protéger farouchement Ella, la suivant comme son ombre et posant la tête sur ses genoux dès qu'elle s'asseyait, presque comme pour garder leur enfant.

Le discours qu'elle lui avait tenu le soir de leur sortie à l'opéra tournait en boucle dans sa tête. Chaque mot résonnait encore dans ses battements de cœur. Il pouvait être à la hauteur. Il pouvait devenir quelqu'un de meilleur. Pour elle. Avec elle. Cette assurance était si contagieuse qu'il avait fait sien le vœu d'Ella.

Il avait maintenant conscience d'aspirer à toutes ces choses dont il s'était si longtemps coupé. Il voulait un avenir avec elle, non seulement à cause de leur enfant, mais aussi à cause d'elle. Dans les jours qui avaient suivi les confidences sur sa mère, d'autres souvenirs avaient refait surface : sa mère riant aux éclats, posant la main sur sa joue, dégageant des mèches de son front pour y plaquer un baiser. Des années durant, seule la tristesse avait hanté sa mémoire. Sa mère lui avait donné tellement plus ! Il le savait à présent. Et plutôt que de rejeter ces réminiscences comme il le faisait à l'adolescence, obsédé par ses maudits projets de vengeance, il prenait maintenant le temps de les accueillir, de les explorer, de les choyer. Tant et si bien que l'amour oublié revenait en force et creusait en lui un désir très doux et très douloureux à la fois.

Tout cela ne se serait jamais produit si sa femme n'avait pas cru dur comme fer qu'il y avait quelque chose à sauver en lui au nom de leur avenir. D'où cette envie, ce *besoin*, de la payer de retour. Et pas n'importe comment. Il se sentait le devoir de faire le maximum pour lui donner ce qu'elle méritait amplement. Voilà pourquoi il avait passé cet appel.

Loukas Liordis. Un milliardaire grec à la réputation de *bad boy* aussi solide que son compte en banque. Depuis une soirée de beuverie mémorable dans son club new-yorkais trois ans plus tôt, Roman savait que Loukas avait besoin de redorer son image. Ce qui faisait de lui le client idéal pour Ella et Célia. Trop heureux de l'aubaine, Loukas avait accepté de ne pas divulguer son intervention et promis de trouver un moyen de contacter Ella par des canaux officiels.

Les jours passaient toutefois, sans un mot d'Ella sur un nouveau contact surprise. Et Roman commençait à regretter son impulsivité.

Il savait d'instinct qu'elle y verrait une déloyauté, une décision prise derrière son dos, soit précisément ce qu'il avait juré de ne plus faire. Décidément, même ses tentatives de rédemption démarraient par une trahison. Il en était à espérer que Loukas aurait changé d'avis ou même tout oublié, lorsqu'il entendit un beau matin sa femme pousser un long cri de triomphe.

Il jura dans sa barbe. Ses espoirs venaient de partir en fumée. Car au bout du compte, que Loukas garde ou non le secret, Ella découvrirait la vérité, c'était joué d'avance, et jamais elle ne lui pardonnerait…

Ella dévalait l'escalier en courant à sa rencontre. La joie enfantine illuminant son visage lui mit le cœur à l'envers.

— Roman… Est-ce qu'on peut partir aux Fidji ?

— Par… pardon ? balbutia-t-il.

— Les îles Fidji. On peut y aller ensemble ? Célia ne peut pas, et moi je… Nous avons accroché un client potentiel, mais je n'y suis jamais allée, et ce serait…

— Mais bien sûr, voyons !

— Tu es sûr que ça ne t'embête pas ? Tu dois être très occupé, avec deux entreprises à gérer…

— Quand partons-nous ? répliqua-t-il.

— Euh… Demain ?

Roman se mit à rire malgré lui. À quelle vitesse le destin pouvait basculer ! Très bientôt sa femme s'apercevrait qu'il ne pouvait pas être l'homme dont elle avait besoin, qu'il était irrémédiablement vicié par son passé et donc sans avenir.

— Pas de problème, Ella. Tout ce que tu voudras.

Viti Yalo. Îlot privé de l'archipel des Fidji dans le Pacifique sud, n'admettant que soixante-dix visiteurs au même moment sur son sol. À l'approche de l'étroite piste d'atterrissage, Ella capta quelques images de ce petit paradis à travers le hublot du jet. Un océan turquoise et des rubans de sable blanc bordaient des parcelles de végétation luxuriante émaillées de minuscules toits bruns et de piscines bleutées qui semblaient absurdes, si près du Pacifique. Le rêve absolu des célébrités les plus fortunées de la planète.

Brusquement, Ella ne se sentit ni assez célèbre ni assez riche pour mériter de mettre un pied ici. Son mari pourtant traversa le tarmac d'un pas tranquille jusqu'à la limousine noire qui les attendait au bord de la piste, accordant à peine un regard au chauffeur en uniforme qui lui ouvrait la portière, comme s'il faisait ce genre de chose tous les jours.

L'autorité innée de son mari ne cessait de l'épater. Si seulement elle pouvait la lui emprunter un moment ! Si elle avait fait bonne figure après le refus d'Ivan Mozorov, le doute s'était insinué dans son esprit. Et si c'était son *business plan* le problème, en fin de compte ? Elle était infiniment reconnaissante à Roman d'avoir accepté de débarquer sur l'île deux jours avant son rendez-vous avec Loukas Liordis. Cela lui laissait le temps de peaufiner tous les détails de sa présentation. Cette fois elle serait prête pour la bagarre. Pas question de laisser tomber son entreprise ni Célia. Ce serait aussi l'occasion de faire ses preuves vis-à-vis de son mari.

L'apparition de leur lieu de séjour la laissa sans voix. Immense et de plain-pied en bordure du Pacifique, la villa nichée dans un creux de la baie avec sa toiture en bambou promettait une intimité totale et un dépaysement absolu.

C'était un bijou. Ella aperçut une piscine vitrée assez incroyable sur le côté de la maison. Un sentier longeant la villa menait à une longue plage de sable ponctuée de l'émeraude des cocotiers.

— J'ai changé d'avis, murmura-t-elle.

Elle éclata de rire devant l'air consterné de Roman.

— Je ne veux plus vivre en France. Ma grand-mère est entre de bonnes mains, installons-nous ici ! s'écria-t-elle toute joyeuse en s'élançant vers la porte, impatiente de découvrir d'autres trésors à l'intérieur.

Chaque pièce comportait de larges fenêtres offrant une vue époustouflante sur l'océan. Celles placées aux deux extrémités étaient carrément ouvertes sur la nature environnante. Plusieurs lampes-tempête suspendues au plafond se balançaient doucement dans la brise, au-dessus de larges banquettes aux lignes courbes pouvant aisément faire office de lits douillets, au vu de la profusion de coussins et de tissus drapés sur les dossiers. Ella imagina aussitôt un coucher de soleil, son mari auprès d'elle et…

Son pouls s'accéléra, elle se sentit rougir et s'empressa de penser à autre chose.

C'était un rêve fastueux, magique dans sa beauté formelle et son opulence. Dans le salon central, un vase de fleurs majestueuses d'un rouge profond trônait sur la table, à côté d'une bouteille de champagne calée dans un seau avec deux coupes et d'un bol de fraises nappées de chocolat nichées dans la glace. Et ce n'était qu'un avant-goût du kit de bienvenue prévu à leur intention…

Dans chacune des autres pièces, Ella découvrit de menus cadeaux et des attentions qui lui donnèrent la sensation d'entrer ici en princesse. Des pétales de rose jonchant le sol de la plus belle chambre qu'elle ait jamais vue, plusieurs châles de soie aux motifs raffinés fournis « avec nos compliments ». Des tableaux peints par des artisans locaux égayaient les murs d'un blanc pur, ajoutant des éclats de couleur presque trop vifs. La joie l'inonda, noyant son trac à l'approche de son rendez-vous d'affaires. Tout à coup, elle regretta qu'ils ne soient pas venus seulement pour le plaisir. Pour eux.

Partout où elle posait les yeux, l'horizon hypnotique de l'océan s'étirait dans le lointain. Elle n'aurait plus jamais envie de repartir, à coup sûr.

Roman surgit près du canapé profond sur lequel elle s'était laissée tomber et chercha son regard en quête d'approbation.

— Il se pourrait que je m'abaisse jusqu'à passer quelques jours ici, déclara-t-elle avec un sourire en coin.

— Trop aimable de ta part.

Elle adora le ton taquin dans sa voix. Il était loin du mari oppressé par un fardeau aussi lourd qu'incompréhensible depuis la soirée à l'opéra.

— Nous avons une table réservée au restaurant…

Quoi ? Quitter ce lieu enchanteur, même pour un autre sûrement tout aussi beau ? Ce serait un crève-cœur. Aucune envie de partager cela. De partager Roman… Elle aurait aimé s'enfouir dans cette bulle divine pour ne plus en sortir, jamais.

— Mais je suis sûr que nous pouvons demander qu'on nous apporte le dîner ici, ajouta Roman.

Cet homme avait l'art de lire dans ses pensées.

— Ce n'est pas vivable, gémit-elle haut et fort. Comment se concentrer sur le travail dans un décor pareil ?

Elle esquissa un grand geste, cherchant un mot pour traduire ne serait-ce qu'une once de la merveille offerte à son regard. Seulement, cette fois, elle ne regardait ni l'océan, ni les pièces, ni les jolies choses que contenait la villa. Non, elle regardait son mari, qui lui-même ne semblait pas avoir faim de nourriture à proprement parler en cet instant.

Roman souriait malgré lui, aux anges. Il avait voulu offrir cela à sa femme – lui offrir tout, et bien davantage encore.

— D'abord, dit-il, mangeons. Pendant le dîner tu pourras répéter ton discours autant de fois que nécessaire. Mais ensuite… Nous prendrons du temps pour nous.

— Pas besoin. Je connais ma partition par cœur. Passons directement à la suite, dit-elle en lui ouvrant les bras.

Il déposa sur ses lèvres un baiser des plus chastes et s'écarta.

— J'aimerais simplement que tu te sentes tout à fait prête le jour J, chuchota-t-il.

Ses cils battirent sur ses grands yeux ronds, de la teinte exacte de la mer turquoise derrière elle. Ella hocha la tête à contrecœur.

Autour de feuilletés de saint-jacques accompagnés d'une fondue de poireaux et de figues fraîches, elle détailla les stratégies de placement pour les actifs de Loukas auprès d'associations caritatives choisies en Grèce et ailleurs dans le monde. Tandis qu'ils dégustaient le plat principal, une salade de homard avec mangue, avocat, oignon rouge et laitue, elle décrivit comment elle s'y prendrait pour superviser avec Célia l'organisation de chaque événement tout comme le bien-fondé de chaque investissement – elles filtreraient l'information pour ne transmettre que l'essentiel à Loukas en direct et lui faire gagner un temps précieux. Pendant le dessert, composé de *cannoli*, de mousse au kirsch et de sorbet à la cannelle, elle exposa les incitations fiscales et autres réductions d'impôt dans tels ou tels pays propres à soigner la richesse respectable de Loukas, avant de souligner l'impact positif incommensurable de la publicité ainsi faite.

Au café, Roman, impressionné, faillit exiger qu'elle oublie Liordis et le prenne lui comme premier client. Les vagues idées qu'elle nourrissait lors de leur rencontre en France avaient été peaufinées, affûtées jusqu'à l'excellence. Ivan Mozorov était un imbécile. Une chance que sa femme n'ait pas réussi à le convaincre. Liordis, lui, ne commettrait certainement pas la même erreur.

— Et maintenant, dit Ella en reposant couteau et fourchette dans son assiette, pourrions-nous je t'en prie, je t'en supplie, passer à la suite ?

Oui ! rugirent dans un bel ensemble le corps et l'âme de Roman. Quels que soient ses désirs, il les comblerait, pendant qu'il était encore temps.

Deux jours plus tard, Ella se rendit dans un restaurant qu'elle n'avait pas encore testé avec Roman. Elle se sentait… puissante. Puissante, sensuelle et confiante. Sa tunique de lin blanc et son pantalon large d'une teinte rouille du plus bel effet conjuguaient élégance et confort. C'était en effet le dernier rendez-vous d'affaires qu'elle pourrait honorer sans trahir son état… Pour autant, elle n'était pas naïve et se doutait de l'impact négatif de sa grossesse sur certains clients potentiels qui verraient d'un autre œil son engagement dans les contrats à venir, mais elle avait déjà décidé, en accord avec Célia, que cette clientèle-là ne les intéressait pas. Roman lui avait assuré que cela n'inquiéterait pas une seconde Liordis, et elle se fiait à sa parole. Rien ne viendrait ternir cette excitation qui pulsait dans ses veines. Elle y voyait comme un écho à la délectation partagée avec son mari les deux soirs précédents alors que, sur fond de coucher de soleil sur le Pacifique, leurs cris de plaisir se mêlaient à ceux des oiseaux exotiques, et leurs corps épousaient inconsciemment le va-et-vient des vagues léchant le sable à leurs pieds.

L'aide empressée du maître d'hôtel pour la guider vers son potentiel futur premier client se révéla superflue. Celui-ci était attablé en terrasse, les yeux braqués sur l'horizon, à l'écart du reste de la clientèle massée à l'intérieur du restaurant, qui lui lançait des regards curieux. Quelques autres tables étaient disposées sur la terrasse. Bien, ils auraient tout l'espace pour eux afin de discuter tranquillement. Elle avait pris ses dispositions en ce sens.

Tout en se frayant un chemin entre les clients, elle observa sa cible du coin de l'œil. Grand, les cheveux châtain clair légèrement ébouriffés pour se donner un air rebelle et décontracté… Fort séduisant, en effet. Ella s'étonna à peine de ne pas se sentir émoustillée. Un ruban rouge s'était noué autour de ses sentiments pour son mari, et nul autre que lui ne le trancherait.

À son arrivée Loukas Liordis se leva, un grand sourire fendant ses lèvres charnues, et s'inclina.

— Bonjour, Ella.

La simplicité charmeuse de cet accueil aurait fait fondre n'importe quelle autre femme. Ella demeura insensible à la chaleur de la main qu'il venait de poser sur son bras comme à son eau de toilette, comme si son corps ne pouvait succomber qu'à un contact, un parfum, une personne.

— Monsieur Liordis.

— Loukas, je vous en prie, la reprit-il d'une voix douce en attendant galamment qu'elle s'installe pour se rasseoir.

Ils passèrent commande des boissons. Le regard de Loukas ne la lâcha pas tandis qu'elle réclamait un tonic. Elle comprit qu'il serait imprudent de sous-estimer cet homme, en dépit de son flegme affiché. Qu'il devine ou non son état, il eut la grâce de ne pas en faire mention.

— Vous êtes ici avec votre époux ? demanda-t-il.

— Oui.

— Ah ! dans ce cas je ne vous retiendrai pas longtemps. Cette île est un paradis pour les amoureux.

Loukas expliqua ensuite qu'il cherchait des investissements caritatifs depuis un petit moment, mais que sa réputation entravait ses démarches. Il était charmant, plein d'autodérision et d'une intelligence vive qu'Ella reconnut pour l'avoir repérée chez son mari. Lisant entre les lignes, elle comprit qu'il avait besoin d'elle tout autant qu'elle avait besoin de lui. Un petit frisson d'excitation la parcourut.

L'échange se poursuivit sous les meilleurs auspices. Loukas l'écoutait avec une attention intense sous son regard langoureux. Il l'avait interrogée sur des détails étonnamment fins, elle avait répondu à toutes ses questions. Il était visiblement impressionné et assez tenté.

— Votre *business plan* est très solide, Ella. Vous avez clairement anticipé l'essentiel de mes préoccupations, et j'aimerais sincèrement étudier le projet de plus près…

— Mais ? dit Ella en souriant malgré une pointe d'anxiété.

— J'ai tout de même un souci. Je ne suis pas tout à fait sûr que votre entreprise soit financièrement assez solide pour répondre à mes besoins.

— Je vous garantis qu'elle l'est.

Il grimaça en secouant la tête.

— Si vous pouvez attester d'un capital plus important, disons entre quatre et cinq millions, alors je signerai volontiers. Sans cela…

Le cœur à l'envers, Ella se mit à réfléchir à toute vitesse, passant en revue ses comptes bancaires privés et les investissements de Célia. Il y avait une possibilité, une seule, mais était-elle prête à faire ce choix ?

— Seriez-vous disposé à me donner deux jours ?

— Bien sûr, dit Loukas. Encore une fois, je crois en votre entreprise. Je serais ravi de travailler avec vous et avec vos clients. Faites-moi signe dès que vous serez prête, et nous en rediscuterons.

Roman tournait en rond depuis le départ d'Ella. Que ce soit du fait de sa responsabilité dans son premier échec, ou parce qu'il mesurait mieux maintenant l'importance de ce projet pour Ella, le rendez-vous avec Liordis avait éclipsé jusqu'à ses propres intérêts professionnels ce soir.

Ella réapparut à peine quelques minutes plus tard, lui sembla-t-il. Il consulta sa montre et reçut un choc. Elle était partie depuis deux heures !

Il comprit tout de suite que quelque chose n'allait pas, à la façon dont elle détournait les yeux vers l'horizon, la tête ailleurs, sans donner le moindre signe de joie. Il aurait dû se taire, attendre qu'elle soit prête à parler, mais il ne put se retenir.

— Qu'est-ce qui s'est passé ?

— Il… Loukas a très envie de signer chez nous, mais…

Un petit rire amer lui échappa.

— … il pense que nous n'avons pas un capital à la hauteur de nos ambitions.

— Il se trompe !

— Possible. En dépit de sa réputation, il a émis quelques suggestions étonnamment astucieuses…

— Pour un prétendu noceur sans cervelle ?

— Oui. Or, ces suggestions pourraient peser lourd dans l'état actuel de notre budget, je ne peux pas le nier.

— Et augmenter ton capital pèserait davantage encore, soupira Roman.

Ella se tourna alors vers lui en se tordant les mains devant elle, un signe de nervosité très inhabituel chez elle.

— Sans doute, mais… Si je te vendais mes parts de Kolikov Holdings…

Il n'hésita pas une seconde.

— Non.

— Roman, veux-tu bien m'écouter jusqu'au bout ?

— C'est inutile.

— Roman…

En fait, songea-t-il, elle ne voyait pas le problème. Ne pouvait pas le voir. Ne pouvait pas mesurer la tentation que cela représenterait pour lui d'empocher ses parts et, partant, le contrôle de la société, qui lui donnerait le pouvoir de la tailler en pièces. Cela revenait à céder précisément ce qui le retenait encore… Et d'instinct il savait que si elle lâchait prise, si elle perdait ce dernier pion qu'elle détenait pour négocier avec lui, cela détruirait tout. Car il serait incapable de résister à utiliser ces parts dans le but précis qu'elle désapprouvait. Qu'importe la valeur qu'elle avait prise à ses yeux depuis peu, qu'importe la force avec laquelle il aspirait à mieux encore… Il en serait tout bonnement incapable. Il ne pouvait pas changer sa nature. Il avait dû devenir un monstre pour combattre Vladimir, et il l'était resté. Ses… sentiments pour Ella n'avaient rien changé. Or, s'il se servait de ces parts pour atteindre son objectif, Ella ne s'en remettrait jamais. La douleur, le choc d'une seconde trahison… Ce serait trop dur à supporter.

— D'abord, murmura-t-il, il vaut mieux garder ton budget dans des limites raisonnables à un stade aussi précoce. Tu risques gros dans le contexte actuel. Si j'accepte, tu risqueras plus encore. Ensuite, nous n'avons pas précisément établi la valeur de l'action sur le marché, rien ne te garantit que tu en tireras le prix juste.

— Je crois en ce qu'on fait, Célia et moi. Je crois en cette entreprise et je *sais* qu'elle réussira. Par ailleurs je n'ai pas besoin du juste prix, je te fais confiance pour me proposer un prix correct. Cinq millions, par exemple. Une somme suffisante pour en injecter une partie dans l'entreprise et conserver une marge de manœuvre pour la suite.

— S'il te plaît, réfléchis !

Il était à deux doigts de la supplier. Jamais jusque-là il n'avait ressenti cette impression d'un précipice s'ouvrant devant lui.

— Roman, honnêtement, je n'en ai pas besoin. Je sais que ça marchera, je sais que c'est la solution idéale. Allez, achète-moi ces parts !

Voilà que la promesse qu'il s'était faite l'autre jour lui revenait de plein fouet. Combler les moindres désirs d'Ella tant qu'il en était encore temps. Seulement cette fois, lui donner ce qu'elle voulait revenait à signer sa propre perte.

Deux jours plus tard, grâce à l'argent de la vente des parts à Roman, Loukas avait signé de grand cœur le contrat, devenant son premier client, et Ella était aux anges. Elle avait conscience d'avoir mis tous ses œufs dans le même panier, mais c'était un panier partagé avec Roman. Elle n'avait pas seulement investi pour elle-même, mais aussi pour eux.

Alors que Roman s'occupait des dernières formalités avec la banque et Kolikov Holdings, Ella regarda le soleil entamer sa descente sur l'océan Pacifique. Cela semblait si étrange de voir briller les premières étoiles trois heures plus tôt qu'en France. L'impression d'un moment volé, hors du temps, se précisa. Ella frissonna un peu. La dernière fois qu'elle avait éprouvé cette sensation, c'était avant son mariage avec Roman. Une époque où elle croyait avoir trouvé sa place avec lui dans l'univers.

Mais c'était différent aujourd'hui, se dit-elle. Une seconde chance leur était offerte de vivre enfin la vie qu'ils méritaient depuis le début. La main calée sur son petit ventre rond, Ella s'émerveilla des changements intervenus depuis leur toute première rencontre, ce jour-là dans les bois près de la maison de sa grand-mère. En un sens, tous ses rêves d'alors s'étaient réalisés. Le mariage avec Roman, son entreprise, leur enfant, même…

Le chemin pour en arriver là n'avait sans doute pas été des plus plaisants, mais on ne pouvait pas réécrire l'histoire. Sans ces tempêtes elle n'aurait peut-être jamais appris à connaître le vrai Roman. Celui qui avait semblé parfait, celui qui avait semblé monstrueux – aucun des deux n'était cet homme qu'elle en était venue à…

Aimer.

Ce fut comme une révélation. Un feu d'artifice, soudain,

dans ses veines, des étincelles euphorisantes explosant dans tout son corps. Elle aimait réellement Roman. Elle aimait l'homme prêt à tout pour protéger leur enfant, l'homme qui avait confessé la douleur profonde cachée derrière sa quête de vengeance, celui qui avait encore le sommeil léger dans l'espoir que sa mère le réveille un beau jour et danse pour lui sous la lune. L'homme qui lui procurait un plaisir fou et celui qui lui avait offert les moyens de sécuriser l'entreprise qu'elle s'était démenée pour bâtir avec Célia.

L'énergie fusant jusqu'au bout des orteils, elle fut prise soudain d'une envie de bouger, de danser, de saisir ce moment et d'en recueillir toute la saveur intacte, après le trou noir qui l'avait engloutie au lendemain de son mariage. Elle prit son téléphone et choisit une chanson qui offrirait un écho parfait à tout ce qu'elle craignait de ne jamais parvenir à exprimer avec des mots.

Dès les premières notes, la musique l'enveloppa, emplissant l'espace et résonnant dans son cœur, en exigeant qu'il libère l'amour. Ella ouvrit grandes les vannes. Presque sans y penser, sans se préoccuper une seconde que quelqu'un puisse la surprendre, elle se mit à danser dans ce salon enchanteur sur la plus merveilleuse des toiles de fond naturelles. Elle tournoya sur elle-même, encore et encore, ses jupes s'enroulant autour de sa taille, avec la sensation de redevenir enfant. Danser, danser jusqu'à l'ivresse, légère, légère…

Elle ne l'avait pas encore repéré. Roman s'en réjouit, car cela lui laissa le temps d'encaisser le choc de cette vision d'Ella dansant dans le salon. Il avait cru d'abord voir sa mère. Les mouvements d'Ella n'avaient pas tout à fait la grâce des pirouettes de la ballerine sous le firmament, les bras tendus à l'infini vers le ciel, vers quelque objet intangible. Normal, songea-t-il, Ella croyait avoir trouvé ce qu'elle cherchait, et son bonheur, qu'il pouvait presque voir vibrer dans l'air autour d'elle à chaque mouvement esquissé, lui coupait les jambes.

Elle pivota soudain vers lui, avec dans les yeux des étoiles aussi brillantes que celles qui étincelaient là-haut dans le ciel, et il comprit. Il s'insurgea en son for intérieur, faillit lui demander de ne pas prononcer les mots qui lui brûlaient les lèvres. Il en fut incapable.

— Je suis si heureuse, dit-elle d'un ton embarrassé.

L'embarras ne dura pas. Ella se transforma en un éclair sous ses yeux en une créature confiante, sûre d'elle et de sa puissance. Ce fut comme de voir une fleur se déployer pour se délecter de tout ce que pouvait lui offrir le soleil.

— Je n'aurais pas pu y arriver sans toi, reprit-elle en s'approchant de lui.

Il aurait lâchement préféré qu'elle se tienne à distance. Le temps de lui expliquer qu'elle se trompait. Tout aurait été possible pour elle s'il ne l'avait autant meurtrie en faisant d'elle l'instrument de sa vengeance. En un éclair, lui revinrent à l'esprit toutes les fois où il l'avait vue se remettre en question, douter d'elle et de son entourage *à cause de lui*.

— Je t'aime, Roman.

Ses oreilles bourdonnaient tant qu'il n'entendit pas ces mots, mais il les lut sur ses lèvres, les sentit sur sa peau.

Il l'embrassa, parce qu'il ne trouva pas meilleure réponse.

Comment une simple déclaration pouvait-elle lui faire aussi peur ? Ce qu'il imaginait assez bien en revanche, c'était la souffrance qu'elle endurerait le jour où elle découvrirait ce qu'il s'apprêtait à faire de la société de Vladimir.

Alors il l'embrassa de plus belle, éperdument, étouffant les mots, les doutes et les peurs, comme si c'était la dernière fois de sa vie qu'il embrassait sa femme.

10.

Elle avait elle-même contribué à sa perte, songea Roman en traversant les bureaux de Kolikov Holdings. Ella s'imaginait avoir changé, mais en lui cédant ses parts elle s'était révélée aussi naïve que lors de leur toute première rencontre.

Oui, les signes d'une évolution étaient bien là, une volonté, une profondeur, une assurance aussi qui forçaient le respect. Cependant, elle était toujours cette même Ella qui avait dit oui à un homme qu'elle ne connaissait que depuis un petit mois. Et lui aussi était resté le même Roman assoiffé de vengeance.

« Je t'aime. »

Depuis qu'elle avait lâché ces trois petits mots…

La tête ailleurs, prise par ses projets professionnels, Ella n'avait pas la plus petite idée de l'effet dévastateur de ces mots. Ils avaient pourtant hanté ses nuits et ses jours. L'unique autre personne à lui avoir dit cela lui avait été cruellement arrachée sans qu'il puisse l'empêcher.

Si longtemps, il avait eu des certitudes. Son sentier de la guerre était juste. Fidèle à sa parole, il vengerait sa mère, Vladimir serait puni, la société qu'il aimait plus que sa propre fille serait détruite.

Et puis Ella lui avait insufflé d'autres envies. Envie de changer, de *tout* changer. Il avait alors pris conscience d'avoir vécu pendant quelques mois sur un mensonge plus gros que ceux qu'il avait pu raconter dans sa vie, car c'était un mensonge qu'il se racontait à lui-même. Il s'était dit qu'il pouvait obtenir des choses qu'il ne méritait pas, éprouver des sentiments dont son cœur abîmé, verrouillé à double tour, était incapable. Il s'était dit qu'il pourrait compenser, Dieu sait comment, les horreurs commises à l'encontre d'Ella…

Jusqu'au jour où, en le suppliant de racheter ses parts, elle lui avait offert sur un plateau la chance de parvenir au bout du trajet entamé dix-huit ans plus tôt.

Alors il avait compris. Cette chance, il ne pouvait pas la laisser passer. Sinon, tout ce qui avait été prévu et accompli jusque-là perdait son sens.

Il ne pouvait avoir les deux. Aimer Ella et ne pas répondre de ses actes. L'aimer et ne pas reconnaître qu'il était dangereux pour elle et leur enfant. Il n'avait pas le choix, il lui fallait réduire en cendres Kolikov Holdings, et son mariage avec.

C'était l'unique façon de les protéger. De s'assurer que son âme viciée par son long rêve de vengeance n'empoisonnerait pas leur innocence. La plus belle preuve d'amour à leur offrir était de partir.

Il marqua une pause devant la porte de la salle du conseil, derrière laquelle l'attendait une foule de courtisans appliqués naguère à flatter l'ego de son grand-père, qui incarnaient tout ce qui avait été infligé à sa mère. Il sentit la haine l'inonder. Une haine qui *devait* l'emporter sur tout autre sentiment chez lui pour qu'il touche enfin au but. Une haine dont il avait besoin pour juguler l'envie de revenir en arrière pour aller chercher ce qu'il ne méritait pas, de se jeter aux pieds d'Ella pour implorer son pardon. Les dents serrées, Roman s'accrocha à sa colère comme un homme perdu en haute mer à sa bouée, pénétra dans la salle et se posta en tête de table.

— Mesdames et messieurs, j'ai une offre à vous présenter. Une offre que vous seriez incroyablement mal inspirés de refuser…

Célia riait, riait… Quant à Ella, le sourire ne la quittait plus depuis son retour des Fidji. Elles venaient de fêter leur premier client autour d'un déjeuner de reines, l'une au champagne, l'autre au jus de fleurs de sureau.

Postée devant les grandes fenêtres avec balcon en fer forgé de leurs bureaux flambant neufs dominant Paris, Ella se laissa aller contre l'épaule de Célia. L'immeuble datant du XIXe siècle avait nécessité de longs travaux pour adapter l'espace à leurs besoins. Son amie s'était surpassée. Ella adorait la brique apparente sur certains murs et l'*open space* central surmonté de poutres métalliques, fusion d'histoire et de modernité tout à fait en phase avec leur projet – tisser des liens entre le monde des affaires et les associations caritatives afin de venir en aide aux plus démunis.

— Tu as fait du beau travail ici, Célia.

— Toi aussi avec les clients !

Ella ne put retenir un petit cri de guerre et esquissa un pas de danse sous le regard inquiet de Célia.

— Tu n'as pas bu de champagne, dis ?

— Pas une goutte.

— Les hormones alors… Et l'amour-toujours, ajouta son amie en levant les yeux au ciel.

— Le succès, rien d'autre ! chantonna Ella. Après Loukas je misais sur une ou deux pistes prometteuses, de là à imaginer que nous décrocherions trois clients de plus, et quatre autres en projet !

Un nouveau cri de joie lui échappa. Elle glissa la main sur son ventre maintenant bien rond sous sa grande chemise et éprouva soudain une pointe de culpabilité.

— Tu es sûre que tu arriveras à prendre en charge ma part de travail pendant mon…

— … congé de maternité ? acheva Célia en souriant. Obligé !

Ella savait à quel point Célia, de nature introvertie,

répugnait à prendre la lumière. Elle l'avait vue plus d'une fois lutter contre l'angoisse en réunion.

— Sache que tu pourras me joindre à n'importe quel moment…

— Hum ! Sauf quand tu seras occupée à donner le sein, à changer une couche, à poser un regard attendri sur ton mari et ton bébé réunis… Tu es incorrigible ! s'écria Célia comme Ella poussait un énième couinement énamouré. Bon, je dois aller voir le comptable avant la fin de la journée et…

— Je sais, je sais. Vas-y. Je vais m'attarder ici un moment pour admirer ton œuvre avant de rentrer à Puycalvel, dit Ella en se laissant choir dans un fauteuil pivotant.

Elle se tourna vers la porte par où l'on apercevait le comptoir de la réception, là-bas dans le hall d'entrée. Son cœur bondit à la vue de Roman foulant le parquet dans sa direction comme si rien d'autre qu'elle n'existait autour de lui. Il était si concentré qu'il ne vit même pas le petit bonjour que lui adressa Célia en passant.

Tout heureuse de cette visite imprévue, Ella se leva pour aller à sa rencontre. Elle ne put s'empêcher de saisir les pans de sa veste pour l'attirer contre elle et l'embrasser, mais il résista.

De près, elle perçut une tension inhabituelle affleurant sur son visage.

— Tout va bien ? demanda-t-elle.

Pour toute réponse, il inclina légèrement la tête.

— Viens. Il faut qu'on parle.

Les sourcils froncés, Ella attrapa son grand sac de cuir beige et le suivit vers la sortie.

Dans la rue, une limousine les prit en charge et sillonna brièvement les rues parisiennes avant de les déposer.

— Où sommes-nous ?

Roman lui ouvrit la portière en silence. En descendant, elle se trouva face au Comte Croix, un restaurant étoilé réputé pour nécessiter une réservation six mois à l'avance.

Elle qui avait toujours rêvé de venir ici en resta muette de saisissement et de gratitude envers Roman.

En franchissant le portail en fer forgé, au lieu de s'inquiéter de l'humeur sombre de son mari, elle se laissa distraire par le style franco-anglais, très classique, de l'établissement. Les meubles Louis xiv, les miroirs Régence et la dominante gris et or de la salle apaisèrent la nervosité qui la gagnait à son insu.

Elle prit soudain conscience que le restaurant était absolument désert.

— Nous avons la salle pour nous seuls, confirma Roman.

Elle posa la main sur son bras, émerveillée et un peu ahurie par cette démonstration éclatante du pouvoir de son époux. Il la guida lui-même vers une table nichée au milieu de dizaines d'autres aux nappes blanches, prêtes à n'accueillir aucun autre client. Sans s'appesantir sur ce mystère, Ella couva son mari d'un regard admiratif et ne put contenir un petit rire devant la situation.

— J'hésite entre incroyablement romantique et juste… trop, dit-elle, prise d'un début d'angoisse devant le visage fermé de Roman.

— J'ai quelques sujets à aborder avec toi, déclara-t-il en tirant deux épaisses enveloppes de sa poche intérieure.

Il les posa sur la table et en poussa une vers elle du bout des doigts.

— J'ai besoin de ta signature sur certains documents.

Ella prit l'enveloppe et en sortit plusieurs feuillets tout en s'efforçant de repousser le très mauvais pressentiment qui se faisait jour en elle.

— C'est un compte en fiducie pour notre enfant.

À mesure qu'elle parcourait les documents, choquée par le montant pharaonique du compte, Ella ne s'étonna de rien d'autre.

— La somme sera bloquée jusqu'à son vingt-cinquième

anniversaire, ou son mariage s'il intervient plus tôt. D'ici là, tu seras la seule curatrice.

Sur la dernière page, une languette jaune fluo pointait une ligne près de celle où Roman avait déjà apposé sa signature. Étrange comme cette languette ordinaire détonnait sur la beauté de la table et du décor autour d'eux. Un sentiment de dégoût inexplicable saisit Ella.

Roman lui tendit un stylo en argent lourd et encore tout chaud d'avoir séjourné contre son corps dans sa poche. Elle signa d'une main qui tremblait un peu sans qu'elle comprenne bien pourquoi, puis posa le stylo sur la nappe.

— C'est fait, dit-elle avec un sourire forcé, bataillant contre un malaise croissant.

— Et ici, reprit Roman en poussant l'autre enveloppe dans sa direction, ce sont les papiers du divorce.

Elle avait déjà sorti les documents, parcouru rapidement les pages à en-têtes juridiques, et même repéré celle comportant l'affreuse languette jaune pointant un espace vide près de la signature de Roman. Elle avait presque posé la pointe du stylo sur le papier lorsque ses mots prirent enfin corps et réalité. Le stylo lui échappa des mains.

— Quoi ? s'exclama-t-elle en secouant la tête.

Roman se renversa contre le dossier de sa chaise comme pour mettre le plus de distance possible entre eux.

— Il y a quatre heures, les actionnaires de Kolikov Holdings ont accepté de lancer le processus de liquidation.

— Mais…

— Tu n'es plus actionnaire.

Ella déglutit.

— Roman, c'est une blague, dis ? Parce qu'elle n'est pas drôle du tout…

— Ce n'est pas une blague. Et, en effet, ce n'est pas drôle.

— Je ne comprends pas.

— Ça c'est clair. Je m'en suis aperçu à la seconde où tu m'as demandé de ne pas détruire la société de Vladimir.

Et mon impression s'est confirmée lorsque tu as tenu à me vendre tes actions, alors même que je t'invitais à réfléchir.

Roman comprit à cet instant qu'il irait droit en enfer. Tout en lui se cabrait, grondait et rugissait rageusement contre les mots sortant de sa bouche, des mots qui trancheraient pour l'éternité son lien avec cette femme extraordinaire et son enfant. Son enfant. Pourtant c'était nécessaire. Sinon pour le bien d'Ella, du moins pour le bien de cet enfant, précisément.

Des mois plus tôt, Ella avait exprimé son besoin de liberté. Il avait alors pris conscience que ce pouvait être la seule chose qu'il soit capable de lui donner. Pour cela, pour réellement s'assurer qu'elle n'aurait aucun doute sur ce besoin vital, il devait se faire haïr plus que jamais.

— Quand je… je t'ai demandé de ne pas détruire la compagnie ? Mais c'était il y a plusieurs mois, Roman. Est-ce que tu as nourri ce projet tout ce temps ? demanda-t-elle d'une voix étranglée, les larmes aux yeux.

— Oui, prétendit Roman. Tout ce temps.

Incapable de supporter la vue de sa femme dévastée, il laissa ses yeux dériver derrière elle sans parvenir à bloquer les images qui affluaient. Ella dansant à Viti Yalo, criant de plaisir au clair de lune sous le kiosque… Et puis cette façon qu'elle avait de le regarder, la nuit où avait été conçu leur enfant, impressionnée, émerveillée, avec déjà les prémices d'un amour absurde.

— C'est moi qui ai contacté Loukas, ajouta-t-il.

— Tu… Quoi ? ! Mais…

— Je connais Liordis depuis près de quatre ans. Je savais qu'il cherchait un moyen de se racheter aux yeux du monde. Il était parfait pour ce que nous attendions de lui, toi et moi.

— Et tu lui as suggéré d'exiger l'argent que je ne pouvais rassembler qu'en vendant mes parts.

Ce n'était pas une question, mais une affirmation. Tant mieux, il n'aurait pas à mentir, juste à lui laisser croire le pire. C'était le but. Tout de même, cela faisait mal qu'elle imagine si facilement une telle chose de sa part. Quelle ironie ! C'était précisément pour cela qu'il agissait ainsi. Car en dépit de toutes ses déclarations d'amour, de confiance, elle ne pouvait pas vraiment l'aimer ni lui faire confiance. Il avait causé trop de dégâts avant même qu'ils aient une chance d'avenir. Il savait cela. Mieux valait en finir tout de suite plutôt qu'une fois qu'il aurait baissé la garde et plongé…

Il chassa cette pensée d'un geste de la main, qu'Ella parut interpréter comme la confirmation de sa pensée.

— Une fois tes parts en poche j'ai eu enfin les moyens de désintégrer Kolikov Holdings. Et s'il y a une justice en ce monde, Vladimir se retourne dans sa tombe aujourd'hui en sachant que c'est moi qui ai ri le dernier.

— Ri ? *Ri ?* Tu oses réduire ma vie et celle de notre enfant à un éclat de rire ?

Elle tremblait maintenant, mais de fureur. Du coup lui aussi s'emporta.

— *Niet !* Non. Certainement pas !

— Je t'aimais.

— Eh bien, ce n'était pas un si grand amour, s'il a déjà disparu.

Ella posa la main sur son ventre pour apaiser sa nausée croissante face aux actes de son ma… de son… de Roman.

Elle crut le voir flancher, détecter dans son visage crispé un écho de la douleur qui lui tordait le cœur, mais non, c'était une illusion. Cet homme… Cet homme n'était pas capable d'un tel sentiment. Disparu, son fiancé qui exauçait ses moindres caprices, disparu le mari qui lui avait confié sa souffrance, ses espoirs, son désir et, croyait-elle, un amour naissant, à travers ses caresses et ses baisers. L'homme face à elle aujourd'hui n'avait ni le charme tranquille du premier ni le feu du second, il n'était que froideur. Presque mort à ses yeux.

Son cœur tendre criait à l'injustice, il se déchirait à espérer que tout cela soit un tissu de mensonges. Que son mari ne l'ait pas encore une fois manipulée de bout en bout. S'entendre avec Loukas pour mettre la main sur ses parts… C'était un coup trop bas. Cela signifiait que pendant qu'elle imaginait leur avenir ensemble, il était encore prisonnier de son passé, obsédé par la vengeance et le besoin de détruire.

— Quel genre de monstre es-tu ?

— Le genre contre lequel ta grand-mère te mettait en garde, propre à voler bien plus que ton innocence. Un monstre à l'image de mon grand-père, obsédé par l'idée de récolter le plus d'argent possible de la liquidation de Kolikov Holdings – une compensation assez légère pour la vie de ma mère. Un monstre prêt à tout pour atteindre son objectif, et qui te laisse partir maintenant qu'il a obtenu ce qu'il voulait.

Inexplicablement, des images du passé jaillirent dans l'esprit d'Ella. Ce frisson sous sa lourde cape rouge, la première fois qu'elle avait eu la sensation d'être épiée dans les bois. Le sourire qu'il avait devant sa joie à Viti Yalo. Son regard, lorsqu'elle lui avait demandé d'acheter ses parts, presque apeuré, comme s'il ne voulait pas qu'elle fasse cela. Il y avait aujourd'hui chez lui une ferveur inédite, une détermination presque sauvage. L'argent ? C'était l'argent, avait-il dit, qui le motivait ?

Elle secoua la tête. Cette manie chez elle de vouloir trouver du positif chez lui, encore maintenant ! Démêler la vérité du mensonge… Seulement les mensonges étaient si nombreux, les versions des faits si diverses, qu'elle n'y comprenait plus rien.

Alors, au lieu de s'obstiner à tout analyser, elle chercha une issue.

— Regarde-moi dans les yeux et dis-moi que tu ne courais qu'après l'argent et Kolikov Holdings, depuis le début. Lorsque tu m'as dit qu'il fallait que je revienne à tes côtés, que cet enfant avait besoin de son père… Lorsque tu m'as parlé de ta souffrance à la mort de ta mère… Lorsque tu as pris du plaisir dans mon corps, ou que tu as dormi toute la nuit pour la première fois depuis des années, à côté de moi…

— Puycalvel est toujours à toi, dit-il, ignorant totalement sa supplique. Ainsi que tous les biens que tu possédais avant le mariage.

— Sauf ces satanées parts de la société.

— Pour lesquelles tu as obtenu un prix généreux. Demande à ton avocat d'examiner ces papiers. Si tu souhaites négocier un point précis, je suis tout disposé à…

— Trop aimable !

— Et tu auras la garde exclusive…

— Je ne laisserai *jamais* mon enfant t'approcher, gronda-t-elle.

— *Da*. Cela vaut sans doute mieux.

Elle se leva d'un bond et fixa d'un air hagard le bras que lui tendait Roman. Hagard et dédaigneux. Elle repoussa sa chaise et se dirigea à l'aveuglette parmi les tables qui semblaient maintenant autant d'obstacles à sa fuite, aveuglée par ses larmes, le cœur douloureux comme jamais.

C'était tellement pire qu'avant. Tellement. Elle l'avait réellement aimé, cet homme. Elle en était sûre. Elle était sûre de lui… Il avait réclamé et obtenu sa confiance. Elle s'était donnée à lui et, maintenant, elle se sentait bizarrement déconnectée de tout. De ses sentiments, de sa confiance, d'elle-même.

La trahison de Roman la lacérait comme une griffe tandis qu'elle franchissait la porte du restaurant. Elle émergea dans la lumière des rues parisiennes avec la sensation de s'arracher à des ténèbres cauchemardesques. Elle capta le froncement de sourcils du chauffeur de la limousine, les regards ahuris des passants devant ce qui devait leur sembler une hystérique sur le point de… de…

— Ella…

Elle refusa de se retourner vers l'homme qui la crucifiait, vers cet étranger aux yeux vides et froids, insensibles, indifférents. Pas question que ce soit la dernière vision qu'elle ait de lui.

— Ella…

Elle sentit sa main qui la saisissait par le bras et ferma les yeux, espérant que les mots qui sortiraient de sa bouche viendraient contredire tout ce qui venait de se passer. Qu'ils expliqueraient tout, effaceraient tout, imploreraient son pardon…

Mais lorsqu'elle rouvrit les yeux, elle ne vit que les deux enveloppes qu'il tentait de lui fourrer dans les mains tout en enjoignant au chauffeur de l'emmener où elle voudrait.

Il baissa enfin le regard sur elle, un regard glacé qui acheva de désintégrer les ultimes vestiges d'espoir dans son cœur.

— Je courais exclusivement après les parts, la société, l'argent. Depuis le début et jusqu'à la fin, tu n'as été que l'instrument de mon ambition.

Sans un mot, Ella se dégagea d'un mouvement brusque pour s'engouffrer à l'arrière de la limousine.

11.

Depuis le perron, Ella fixa le jardin en pente et, tout au bout, le lac argenté bordant sa propriété. Le dôme de cuivre du kiosque étincelait dans le soleil du matin. Depuis son retour de Paris cinq jours plus tôt, elle n'y était pas retournée.

Elle en voulait terriblement à Roman pour cela. C'était jusque-là son coin favori du domaine. Il avait promis que cette maison serait toujours à elle, mais partout où elle posait les yeux elle ne voyait que lui. Elle sentait son odeur sur les draps qui avaient pourtant été lavés deux fois. C'était comme si son parfum avait infiltré l'air qu'elle respirait. Les souvenirs qui l'assaillaient sans relâche la poussaient dehors…

Elle se détestait d'être incapable d'ériger un mur protecteur autour de son cœur et de son esprit. À l'inverse, elle était comme ouverte à tous les vents du passé. Elle se repassait en permanence les différents visages de l'homme qu'elle avait épousé, des visages contradictoires qui remettaient sans arrêt en question tout ce qu'elle croyait savoir.

Dorcas leva la tête pour suivre un groupe d'hirondelles partant hiverner plus au sud, mais ne bougea pas de sa place, en fidèle gardienne, un œil toujours rivé sur elle, l'autre sur la porte comme si elle guettait le retour de son maître.

Une chance que Roman lui ait laissé Dorcas. La compagnie de la chienne lui était précieuse. Célia avait offert de la rejoindre, elle avait refusé. Trop de travail pour leur entreprise, trop de chagrin ici dans son cœur. Elle n'avait pas envie que son amie la voie dans cet état. Cette épreuve, elle la vivrait seule. Après tout, elle ne pouvait s'en prendre qu'à elle-même. Elle avait été si stupide !

De tout ce qui lui retournait l'estomac, c'était ce qui la révulsait le plus. Il l'avait manipulée au tout début sans qu'elle y puisse rien. Mais la seconde fois ? Au moment précis où ces idées insidieuses s'imposaient dans sa tête, son bébé se mit à donner des coups de pied. Comme pour lui rappeler qu'elle avait eu ses raisons. Oui, elle avait voulu donner à leur enfant les meilleures chances, et avec quelle force ! Elle ne le regretterait jamais. Mais aussitôt la douleur à la pensée que Roman leur avait enlevé cela flamba de plus belle.

Son premier instinct avait été de couper tous les liens avec Liordis. Elle hésitait encore. Elle lui en voulait d'avoir comploté dans son dos avec Roman, d'avoir joué un rôle dans la manipulation et professé un intérêt pour leur entreprise non du fait de leurs capacités ou savoir-faire, mais parce que lui aussi se servait d'elle pour servir les ambitions de son mari. Le fait que Roman par son interférence ait souillé le seul domaine de sa vie qu'elle maîtrisait de bout en bout l'avait anéantie.

Célia avait tenté de la rassurer en se disant prête à la suivre quoi qu'elle décide vis-à-vis du milliardaire grec. Néanmoins, se séparer de lui aurait des retombées négatives considérables…

Pas question pour autant de lâcher l'affaire.

Ella inspira à fond avant de composer le numéro de la ligne directe de Loukas. Elle pouvait encore le faire. Elle était encore la cofondatrice de l'entreprise. Les erreurs grossières commises dans le passé ne la condamnaient pas à l'échec systématique. Non. Au contraire des hommes croisés dans sa vie, ses décisions professionnelles ne seraient jamais dictées par des raisons personnelles.

— *Naí* ?

— Monsieur Liordis ? Ella Riding à l'appareil.

— Madame Black ?

— Plus pour longtemps.

— Oh ! Je suis navré de l'apprendre.

Ella ravala un grognement. Quelle audace ! Il connaissait forcément les projets de Roman après l'acquisition de ses parts.

— Il y a un sujet dont j'aimerais vous entretenir.

— Je suis tout ouïe.

— Si notre collaboration doit se poursuivre…

— Pardon ?

— Laissez-moi finir, monsieur Liordis. Si notre collaboration doit se poursuivre, il est nécessaire de jouer cartes sur table.

— D'accord, dit lentement Loukas.

— Lorsque nous avons fait affaire ensemble, j'ignorais votre interaction avec mon mari.

— Je n'irais pas jusqu'à parler d'interaction, en l'occurrence.

— Ah ? Me réclamer une rallonge de cinq millions d'euros, ce n'était pas une *interaction* ?

Un silence se fit à l'autre bout de la ligne.

— Écoutez, madame… Ella, je ne sais pas trop ce qui se passe ici, mais la seule chose que votre… que Roman m'a demandé de faire, c'était d'accepter un rendez-vous. L'idée était d'en tirer un bénéfice partagé avec vous. C'est moi qui ai ressenti le besoin d'une solidité financière plus importante. Au-delà de l'unique requête d'écouter votre proposition, il n'y a pas eu d'autre interaction entre lui et moi, hormis une nuit très arrosée dans son club new-yorkais il y a trois ans. Je vous le promets, je ne mélange pas le plaisir et les affaires. Vous faites donc erreur en imaginant autre chose.

Il laissa passer un temps avant d'ajouter :

— À présent, sachez qu'il me plairait de continuer à travailler avec vous, et je mettrai volontiers cet échange sur le compte d'un malentendu. En revanche, si vous comptez tout arrêter, j'ai besoin de le savoir tout de suite. D'autres projets dépendent de celui en cours. Je ne veux prendre aucun risque.

Ella refoula une envie de s'insurger contre la pointe d'autoritarisme désagréable qui perçait dans le ton de ce milliardaire réputé pour ses frasques. Elle n'en avait pas les moyens – elle était en pleine confusion.

— Non, monsieur Liordis. Ce ne sera pas nécessaire. Toutes mes excuses.

— N'y pensez plus, répliqua Loukas, redevenu instantanément tout miel. J'ai hâte de vous retrouver dans deux mois à notre premier gala.

Ella raccrocha. Le téléphone lui échappa des mains. Liordis n'avait aucune raison de mentir. Enfin, presque. Sa réaction avait montré à quel point leur contrat était important pour lui. Toutefois sa surprise lorsqu'elle l'avait interrogé sur l'argent avait semblé authentique…

Plus authentique, en un sens, que le discours de Roman sur son obsession pour l'argent. Roman n'avait jamais montré d'intérêt particulier pour ce genre de choses. Il était à peine conscient du montant de sa fortune.

Ella s'obligea à revivre en pensée ce moment au restaurant. Les papiers du divorce. Le compte en fiducie. Là, c'était une somme carrément obscène…

Elle faillit trébucher sur Dorcas en regagnant la cuisine, où elle avait jeté les documents au petit bonheur à son retour de Paris sans oser se pencher dessus depuis. Elle s'entailla le doigt en fourrant la main dans l'enveloppe brune pour en sortir le tas de feuillets. La languette jaune autocollante était encore là. Au lieu d'aller directement à cette page, elle commença par la première et parcourut rapidement le texte avant de s'arrêter net.

Les yeux rivés au nombre inconcevable de millions écrit là en toutes lettres, elle n'eut pas à s'interroger longtemps sur leur provenance. Il ne pouvait s'agir que du total de la vente de Kolikov Holdings, à cinq millions près.

Son mari lui avait menti. Une fois de plus ! Un grognement de frustration lui échappa. Mais à quoi jouait-il donc ? Si ce n'était pas une question d'argent, s'il avait tout légué à leur enfant, quel était son but ? Il l'avait chassée. En lui racontant la seule chose susceptible de la convaincre de partir. Elle se remémora les bribes d'enfance qu'il lui avait confiées, les intrigues d'un grand-père vraiment odieux, l'insécurité dans les foyers d'accueil où personne ne voulait vraiment de lui. Mais aussi sa sincérité, lorsqu'il l'avait incitée à reconsidérer la vente de ses parts. Jusqu'à presque l'implorer de les garder. Elle le revit se dépeindre comme un monstre du même acabit que Vladimir. Il en était loin, pourtant. Elle en était témoin. Le jour où il avait découvert qu'il allait devenir père… La douleur et le désespoir lorsqu'il lui avait parlé de sa mère… La nuit où il lui avait confié qu'il ne pouvait qu'espérer être l'homme qu'elle méritait d'avoir à ses côtés.

« Fais-moi confiance », avait-elle répliqué. Elle lui avait demandé de se fier à son intuition, car elle savait qu'il était quelqu'un de bien. Et c'était elle qui avait trahi cette confiance. C'était elle, alors même qu'elle avait conscience que cet homme qui réclamait le divorce ne ressemblait pas à son mari, ni à celui dont elle était tombée amoureuse…

Oh ! mon Dieu ! songea-t-elle en portant une main tremblante à sa bouche. Toutes ces belles paroles de réassurance, cette foi en lui manifestée haut et fort… Et elle avait cru le seul mensonge qu'il lui ait vraiment raconté, qui avait nourri ses peurs plutôt que sa foi. Elle avait ensuite fait exactement ce à quoi il s'attendait – imaginé le pire. Elle était partie. Comme tous les autres dans sa vie.

Roman avança entre les tables de son club moscovite, ignorant les regards légèrement inquiets de son personnel comme ceux de la clientèle. Au début, en revenant de Paris, il s'était cru plongé dans une torpeur salvatrice. Puis il avait compris. Ce n'était pas une torpeur, c'était le silence.

Fini le petit crissement des pattes de Dorcas trottant derrière lui sur le plancher de son appartement, les petits jappements joyeux ou plaintifs destinés à attirer son attention. Plus de masse chaude sur sa cuisse lorsqu'elle s'appuyait contre lui. Comment diable une satanée chienne avait pu prendre autant d'importance aux yeux du Grand Méchant Loup ? se demanda Roman avec tristesse.

Et cela n'avait été que le début. Il l'avait vite compris, l'absence de Dorcas masquait surtout son absence *à elle*. Ella. Sa femme. La mère de son enfant. Soudain, il prit conscience de tous les bruits qui allaient lui manquer à l'avenir. Le premier cri de son enfant, son premier rire, son premier mot. Sans parler de ceux qui lui manquaient déjà, les cris de plaisir de sa femme, son rire clair et taquin, le glissement de sa main sur les draps.

Tous ces bruits, consumés dans le silence de sa vie. Alors même qu'une partie de lui regrettait de l'avoir rencontrée, une autre, celle où son cœur battait, espérait encore, savait qu'il s'en féliciterait toujours.

Il était conscient de ce qu'il avait fait ce jour-là et s'accrochait à la décision qu'il avait prise. Ella se porterait mieux sans lui. Il lui avait raconté des mensonges, et elle les avait crus.

Elle ne t'a jamais aimé. Sinon elle ne t'aurait pas cru. Elle n'a aimé que le fiancé, l'homme que tu n'étais pas.

Ces pensées étaient autant de punitions méritées. Car ces

doutes, ces remises en question, n'était-ce pas ce qu'il lui avait infligé la première fois ? S'il avait su ce qu'elle avait traversé, il n'aurait jamais volé son innocence, il ne l'aurait jamais reprise dans sa vie. C'était tout simplement l'enfer.

Voilà pourquoi, si grand que soit son désir d'aller la trouver pour la supplier de le reprendre en jurant de se racheter chaque jour pour ses mauvaises actions, il n'y succomberait pas – jamais il ne serait à la hauteur d'Ella.

Dès qu'il atteignit le comptoir, le barman surgit et sortit aussitôt la vodka que le patron réclamait tous les soirs ou presque avant de s'éclipser dans son repaire à l'étage.

Roman s'éloigna vers l'ascenseur, sa bouteille à la main, rêvant qu'il tenait à la place le coude tout chaud et mince d'Ella. Après avoir présenté sa carte magnétique, il suivit un fantôme dans la cabine, aménageant inconsciemment un espace pour l'image d'elle qui l'accompagnait.

Un regard à son reflet dans le miroir lui arracha une grimace. Il avait vraiment une sale tête. Ses cernes attestaient qu'il n'avait pas dormi une nuit entière depuis qu'il avait quitté le lit d'Ella.

Sa seule source d'apaisement était le fait de les savoir, elle et son enfant, à l'abri du besoin. Ils ne manqueraient de rien, il y avait veillé. Et surtout pas d'un mari ou d'un père qui n'était pas assez bon. Pas à la hauteur.

Était-ce justement ce que son esprit refusait de voir ? se demanda-t-il. Toutes ces années… Cette obsession de vengeance… Était-ce un leurre pour masquer ces sentiments et cette peur *jamais* formulés à voix haute avant Ella ? Il n'avait pas besoin de rendre des comptes devant quiconque, alors.

Il jura tout bas et plutôt que d'attendre de traverser le salon pour sortir un verre, il dévissa le bouchon de sa bouteille et porta le goulot à ses lèvres, impatient de sentir sur la langue l'âpreté de l'alcool glacé. Mais avant même la première gorgée il stoppa net son geste et resta figé.

Ella était assise sur son canapé, enchâssée dans la cape rouge qu'il lui avait offerte. Il se crut en plein délire. Sûrement, son esprit tordu avait fini par la faire apparaître en chair et en os sous ses yeux hagards. Elle ne pouvait pas être là, jambes croisées, fuselées, magnifiques, les mains sur les genoux, le regard serein. Serein !

Pourtant, à la seconde où il reprit son souffle, il sut qu'elle était réelle, car son parfum avait imprégné l'appartement. Senteurs exquises, mélange de fleurs d'oranger, de menthe et de souvenirs.

Tout en lui fut aussitôt en alerte. Un frisson courut sur sa nuque.

— Le bébé ?

— Il va bien.

Il se tut, le temps d'assimiler cette réponse, d'apaiser les battements erratiques de son cœur. En vain. L'adrénaline pulsait dans ses veines comme sous le coup d'une menace, comme si le sol allait se dérober sous ses pieds. Elle était sublime. Tout ce qu'il voulait depuis toujours était ici, à portée de sa main, et il ne pouvait pas le prendre. Il ne pouvait tout simplement pas.

— Alors nous n'avons rien à nous dire, marmonna-t-il en passant devant elle pour atteindre la kitchenette. Tu sais où est la sortie.

— En effet. Mais je ne partirai pas.

Il tendit les doigts vers le verre dont il se serait facilement passé un instant plus tôt, en espérant de toutes ses forces que leur tremblement passerait inaperçu. Un râle sourd monta dans sa gorge. Besoin de lâcher prise, de se libérer un tant soit peu de cette furie, accumulée à cause de la douleur, de la peine, du deuil, qui lui bloquait la poitrine. Il ravala bravement le tout en se forçant à se retourner vers sa… Enfin, si elle se trouvait ici avec les papiers du divorce, il ne pouvait plus l'appeler sa femme.

Oui, elle était forcément venue pour ça. Un poing glacé

et brûlant à la fois lui cogna le cœur. Voilà, c'était fini. Il n'y avait pas d'autre explication possible à sa présence à Moscou.

— Tu aurais pu faire suivre les papiers à mes avocats. Pas besoin d'en arriver là, dit-il avec un grand geste du bras qui tenait la bouteille.

— Au contraire. Je trouve cela absolument nécessaire.

— Y a-t-il un point que tu souhaites contester ?

— Et si je souhaitais contester l'ensemble ?

Roman recula comme si elle venait de le frapper.

— Je ne…

— Ce n'est pas souvent que tu ne trouves pas les mots, Roman.

Il la regarda, pas sûr de comprendre le sens de son discours, encore moins ce qui se passait.

— À quel jeu joues-tu ?

— À celui que tu as choisi, visiblement, répondit-elle en inclinant la tête.

— Veux-tu bien cesser de parler par énigmes !

Face à sa colère, elle se borna à sourire.

— C'est peut-être bien ta première réaction franche et honnête à toute cette histoire depuis que tu m'as emmenée au restaurant, Roman. Un brin ironique, mais authentique, tout au moins.

Roman serra les dents si fort qu'il crut entendre un craquement. Elle était revenue. La belle, la fière impétueuse sûre d'elle qu'il avait rencontrée ici même six mois plus tôt. La femme qui l'avait séduit autant qu'elle avait été séduite et qui était devenue la mère de son enfant et la geôlière de son cœur.

— Tu veux ma colère ? Alors sors d'ici, gronda-t-il.

— Mais comment la verrai-je si je sors ? Non, Roman. Mieux vaut que je reste pour te contempler dans toute ta monstruosité, non ?

Une envie folle le prit de balancer contre le mur la

bouteille qu'il tenait toujours. Seule le retint la peur qu'elle soit blessée par un éclat de verre.

— Qu'est-ce que tu fais ici ? répliqua-t-il. Que veux-tu de moi ?

— Je veux savoir pourquoi tu as menti.

— Bon sang, Ella, tout ce que je t'ai dit jusqu'ici était un mensonge !

— Pas tout. Mais l'intégralité de tes paroles au restaurant, ça oui.

Il fut incapable de la regarder en face. Il était allé jusqu'au bout ce jour-là, mais cela l'avait vidé de ses forces, et il n'avait plus l'énergie pour combattre. Il savait que si elle le dévisageait avec trop d'attention, si elle réfléchissait trop, elle comprendrait la vérité. Et il devait la protéger de cela.

— Tu te fais des illusions. Une fois de plus. Tu es si naïve, ajouta-t-il avec une cruauté forcée.

— Mais plus innocente ?

— Je ne t'ai pas fait assez de mal, dis ? Pas assez prouvé à quel point j'étais dépravé, abîmé ?

— Je ne vais pas mentir en prétendant le contraire. Il y a déjà eu trop de mensonges entre nous, et oui, tu m'as fait du mal. « Dépravé », non, mais « abîmé », certainement. Pour autant ce n'est pas irrémédiable. Tu n'es pas fichu. Je…

Elle se tut brusquement. Il n'osait toujours pas tourner les yeux vers elle.

— Je te dois des excuses, acheva-t-elle.

— Nom d'un chien, Ella, qu'est-ce que tu…

— Je t'ai demandé de me faire confiance. Je t'ai demandé de me croire lorsque j'affirmais que tu pouvais t'améliorer, parce que j'étais formelle sur ce point à ton sujet. Et je t'ai laissé tomber. Au premier signe de rechute, je suis partie en courant, sans un regard en arrière. Sans me retourner pour voir la vérité.

À ces mots, Roman se mit à trembler. À trembler vraiment. Une secousse de tout le corps qui avait pris naissance dans son cœur. Des larmes brûlantes perlaient sous ses paupières. Il ne pouvait pas faire ça. Il ne pouvait pas…

— Je t'ai dit que je t'aimais et je suis partie.

Elle était en train de le tuer. Elle le déchirait avec ses paroles. Tout ce qu'il s'était promis de ne jamais affronter, jamais savoir, jamais éprouver.

— Je n'en assumerai pas l'entière responsabilité, car tu avais un pouvoir là-dessus. Mais pour la part qui me concerne, je suis désolée.

Il eut envie de se jeter à ses pieds pour implorer son pardon, de la supplier de le reprendre, de promettre de faire l'impossible pour se racheter à ses yeux. De lui dire que… qu'il l'aimait plus que la vie même. Mais il ne pouvait pas. Pas encore.

— Ella, s'il te plaît.

Il ne savait même plus ce qu'il lui demandait. De s'arrêter… ou de ne jamais s'arrêter.

— Dis-moi la vérité, répliqua-t-elle d'une voix ferme.

Il lui devait au moins cela…

— Je pensais, et je le pense toujours, que tu méritais mieux. Après tout ce que j'ai fait, sous couvert de vengeance… Je ne sais plus où j'en suis, voilà. Quand tu m'as demandé d'acheter tes parts, tu ne savais pas ce que tu faisais. En l'occurrence, tu m'offrais la chance unique de décrocher ce que je cherchais depuis des lustres. J'ai pensé que si tu m'aimais vraiment tu ne m'aurais jamais demandé de lâcher ça. Kolikov Holdings, c'était le dernier lien avec mon passé, avec mon grand-père, avec la mort de ma mère… J'avais *besoin* d'effacer tout ça, et tu as mis entre mes mains le seul moyen d'y parvenir… Tout en exigeant que je m'abstienne de le faire.

« Comprends-tu, Ella ? La promesse faite à ma mère sur son lit de mort, c'est ce qui m'a maintenu en vie, ce qui m'a donné l'énergie de me lever le matin, d'envoyer promener tout le reste pour réussir l'impossible. Tu m'as fait jurer de ne pas le faire, et je n'ai pas pu tenir parole, parce que ma mère passait avant tout. Cette promesse-là était prioritaire. »

Pour la première fois depuis qu'elle lui avait arraché cette promesse, Ella mesura son coût. À la pensée de la position dans laquelle elle l'avait mis, ses yeux s'embuèrent. Dans son esprit, la destruction de Kolikov Holdings n'était que la concrétisation de la trahison de Roman. Elle n'avait jamais vraiment réfléchi à ce que cela symbolisait pour lui.

— Pourquoi ne m'as-tu rien dit ? Pourquoi n'as-tu pas essayé de m'expliquer ? demanda-t-elle d'une voix radoucie.

— Au risque que tu partes avec mon enfant ?

— Un départ que tu as orchestré de bout en bout quelques semaines plus tard…

— C'est le temps qu'il m'a fallu pour comprendre le mal que je pourrais te faire. Alors je n'ai pas eu la force de résister au besoin d'effacer les dernières traces du passage de Vladimir en ce monde.

Ella s'accorda un instant pour peser ces mots, sentir dans sa propre chair la souffrance et l'angoisse qu'ils charriaient. Elle avait été si déterminée, si sûre de ses exigences sur le moment, portée par sa colère, persuadée d'être dans le juste. À coup sûr elle l'aurait quitté s'il les avait rejetées.

— Et maintenant ? demanda-t-elle.

— Maintenant ? répéta Roman d'un air hébété.

— Oui, maintenant, dans quel état d'esprit es-tu ?

— À propos de la société de Vladimir ?

— Je me fiche de cette maudite société, je ne veux plus jamais en entendre parler ! cria Ella, les yeux rivés sur lui. Je veux savoir ce que tu ressens à mon égard !

Alors qu'elle scrutait son visage en espérant de toutes ses forces ne pas se méprendre sur ses sentiments, il traversa la pièce, tomba à genoux devant elle et prit ses mains entre les siennes.

— Il n'y a rien en ce monde de plus important pour moi. Je t'aime à chaque battement de mon cœur.

Celui d'Ella bondit dans sa poitrine. Ses doigts frémirent sous la pression des paumes toutes chaudes de Roman.

— Je donnerais n'importe quoi pour reprendre la souffrance que je t'ai infligée, et pour rattraper toutes les fois où tu as douté de toi à cause de moi. Je n'ai connu moi-même qu'une semaine de remise en question et…

Il s'interrompit et secoua la tête.

— Je suis profondément désolé. Si tu me laisses une chance je passerai chacune des journées qu'il me reste à vivre à me faire pardonner. Plus un seul mensonge ne sortira de ma bouche. Je ne te donnerai plus l'occasion de douter de moi, de mon amour pour toi ou pour notre enfant. Je ferai ce qu'il faut, Ella. Parce que je t'aime d'un amour si grand qu'il n'y a pas de place pour autre chose. Plus d'idées de vengeance, de destruction, juste l'amour. Et tout cet amour est pour toi et notre famille.

Ella tressaillit comme il essuyait sur sa joue de la pulpe du pouce une larme qu'elle n'avait pas sentie couler. Elle lui ouvrit alors les bras et l'attira contre son cœur.

— Je t'aime, dit-elle entre deux baisers. Je t'aime tellement…

Ce furent les derniers mots qu'il la laissa prononcer avant de l'entraîner dans sa chambre pour lui montrer la beauté dont leur passion partagée comblerait leurs jours et leurs nuits à l'avenir.

Épilogue

Depuis le seuil de la chambre d'enfants à Puycalvel, Ella regardait sa fille de quatre ans exécuter des pirouettes légèrement malhabiles en petit justaucorps rose et chaussons de danse – l'un et l'autre très mignons, mais sans comparaison avec le tutu rose mousseux et scintillant à multiples volants que venait de lui offrir Roman.

C'était franchement exagéré, mais Tatiana l'adorait déjà et refusait de l'enlever, même pour dormir, même dûment prévenue que cela risquait de l'endommager.

— Je serai la meilleure danseuse du monde, proclama-t-elle entre deux pirouettes. Enfin presque. La meilleure c'est Babouchka !

Un bruit de pas dans l'escalier. Ella se tourna vers son mari qui descendait les marches avec précaution, leur cadette dans les bras. Pas une fois il n'avait trahi sa promesse d'assurer leur sécurité à toutes les trois, pas une fois il ne lui avait donné matière à éprouver autre chose que joie et amour. Un brin de frustration parfois, voire, à l'occasion, une dose salutaire de colère… Mais jamais la tristesse, jamais la peur.

À la seconde où leurs regards se croisèrent, un sourire illumina son visage, et ses yeux s'emplirent d'une admiration émerveillée dont elle n'était pas près de se lasser en se posant sur son ventre de nouveau rond.

— Nous allons devoir nous arrêter à trois, tu sais, lui

dit-elle à voix basse, soucieuse de continuer à apaiser sa fille rebelle.

— Pourquoi ?

— Parce que j'aimerais t'avoir pour moi toute seule un moment, répliqua-t-elle d'un ton plaintif comme il posait un baiser sur sa joue.

— Je suis à toi tant que tu voudras, pour aussi longtemps que tu le souhaiteras. Je suis là, pour toi, pour toujours.

— C'est ce genre de mots qui m'a mise dans cette situation, protesta Ella en feignant l'indignation, une main sur son ventre.

Le petit troisième était attendu dans quelques mois, et l'un et l'autre se rongeaient déjà d'impatience.

— Je continuerai à les prononcer jusqu'à ce qu'ils ne marchent plus…

— Je veux voir tante Célia et mes cousins ! s'écria Tatiana en sautillant sur place au mépris de l'heure tardive.

— D'accord, mais demain, chérie. Pour le moment, il est l'heure d'aller au lit.

— Nan. Pas le lit.

— Si, c'est l'heure, intervint Roman en douceur, guidant la petite vers sa chambre avant de s'asseoir au pied de son lit. Et tu sais ce que ça veut dire ?

— Une histoire ! s'exclama Tatiana tandis qu'Adeline battait des mains avec la coordination approximative de ses dix-huit mois.

— Je crois que c'est à ton tour, ma femme, annonça Roman en souriant.

Ella était convaincue qu'il adorait cette routine du coucher presque autant que les filles.

— Tu dois te tromper. Hier déjà c'était à mon tour.

— Non, maman, hier c'était *Le Roi grenouille*. C'est à toi, maintenant.

— Et quelle histoire aimerais-tu ?

— Ben, ma préférée ! T'es bête ou quoi ?

Roman laissa échapper un grognement réprobateur. Tatiana afficha un moment une mine contrite, avant de tendre la main vers Ella pour l'attirer elle aussi sur le lit. Dorcas rejoignit son panier dans un coin de la chambre, l'air satisfait d'avoir réussi à rassembler toute la tribu.

En s'installant près de son mari et de ses enfants, Ella se sentit enveloppée d'un cocon d'amour inconditionnel. Sa famille, toute joyeuse, belle, souriante et en sécurité.

— Il était une fois une douce jeune fille. Quiconque la voyait ne pouvait s'empêcher de l'aimer, ni de remarquer la belle cape rouge que lui avait donnée sa grand-mère…

Elle n'eut pas besoin de prononcer à voix haute les mots que son cœur adressait directement à celui de Roman. Un regard furtif à son mari suffit. Elle croyait dur comme fer aux contes de fées, à présent qu'ils avaient l'un et l'autre trouvé l'amour-toujours.

Vous aimez les contes façon Azur ? Découvrez sans tarder *Sombres noces italiennes* de Caitlin Crews

Et rendez-vous au mois de mai pour un nouveau roman de Pippa Roscoe !

Ne manquez pas dès le mois prochain dans votre collection

AZUR

le premier tome de la nouvelle série :

Les époux de Sicile

Avant d'épouser un ténébreux Sicilien, la prudence est de mise…

Un roman inédit à découvrir chaque mois

HARLEQUIN
www.harlequin.fr

AZUR
HARLEQUIN

Retrouvez prochainement,
dans votre collection

AZUR

Un mariage à Kallyria, de Kate Hewitt - N°4323

Très tôt, Mateo Karavitis a fui la vie de palais. Loin de la famille royale, il s'est tenu à l'écart des manigances liées au pouvoir. Hélas, aujourd'hui il est sommé de quitter l'Angleterre où il mène sa carrière de médecin pour rentrer à Kallyria. C'est dans son royaume qu'est désormais sa place : après l'abdication de son aîné, Mateo est le nouveau roi ! Et ce qu'on attend de lui est très clair : il doit non seulement redresser le pays mais aussi trouver une épouse qui lui offrira un héritier. Furieux d'être ainsi acculé, Mateo sollicite Rachel Lewis, la seule femme en qui il ait confiance. Rachel, qui travaille à son côté depuis de nombreuses années tout en ignorant son statut princier…

Les vœux d'Alessandro Sartori, d'Annie West - N°4324

Olivia ne croit guère en l'amour, aussi a-t-elle accepté d'épouser son ami Carlo. Entre eux, pas de sentiments. Leur mariage de pure convenance permettra la fusion des maisons de luxe de leurs familles respectives. Seulement voilà, le jour où Carlo l'abandonne devant l'autel, Olivia se voit dans l'obligation d'épouser Alessandro Sartori, le frère de son promis. Un homme qu'elle évite depuis leur toute première rencontre, en raison du désir insensé qu'il fait naître en elle…

Un apollon pour patron, de Clare Connelly - N°4325

Accompagner Santos Anastakos en Grèce ? La proposition semble folle à Amelia. Et pourtant, c'est l'unique façon pour elle de veiller au bien-être de Cameron, le fils dont le milliardaire vient d'hériter et dont elle est la préceptrice. Sur place, Amelia s'efforce de se concentrer sur son travail auprès du petit garçon, mais comment ne pas être troublée par Santos ? L'apollon semble en effet résolu à la séduire ! Et le cadre paradisiaque dans lequel ils évoluent rend ses tentatives d'autant plus convaincantes…

L'enfant du naufragé, de Cathy Williams - N°4326

Dans le petit village de pêcheurs où Cordelia est née, en Cornouailles, il ne se passe jamais rien. Jusqu'à ce qu'un apollon échoue sur la côte. Le naufragé, Luca Baresi, est l'homme le plus beau de la Terre et, tandis qu'elle l'accueille chez elle le temps de sa convalescence, Cordelia sent naître pour lui des sentiments inouïs. Un monde les sépare pourtant : Luca est un riche magnat italien et il ne s'intéressera jamais à une fille comme elle. Du moins le croit-elle car, avant leur séparation proche et inévitable, tous deux succombent au désir durant une nuit fabuleuse. Une nuit qui laisse à Cordelia un tendre souvenir…

Une si douce rivale, de Heidi Rice - N°4327

Maxime Durand est furieux : les vignobles dont il aurait dû hériter lui échappent encore. Et pour cause : le père qui l'a abandonné a légué ses terres à Cara Evans, sa gouvernante. Une intrigante qui, de toute évidence, a su séduire le vieil homme avant sa mort. Résolu à demander des comptes à cette femme sans scrupule, Maxime se rend à La Bâtie de la Lune où elle réside. Or, à sa grande surprise, il découvre une créature irrésistible d'innocence. Attiré malgré lui par sa douce rivale, Maxime décide de la conquérir…

La fuite scandaleuse d'une mariée, de Kali Anthony - N°4328

Fuir. C'est l'obsession de Théa, sitôt ses vœux de mariage prononcés. Comment pourrait-elle être heureuse dans cette union arrangée par son père ? Alors qu'elle est sur le point de s'échapper, elle est interrompue par son tout nouvel époux – et surprise par l'élan de désir qu'il éveille en elle. Christo Callas, l'homme auquel elle est enchaînée malgré elle, serait-il le seul capable de la libérer de la prison dorée dans laquelle on la maintient captive depuis toujours ?

Une nuit avec Enzo Bartolini, de Jennifer Faye - N°4329

SÉRIE : *L'HÉRITAGE DES BARTOLINI* - 3/3

Sous le choc des révélations qui ont marqué l'héritage de ses parents, Enzo Bartolini ne se reconnaît plus. Alors qu'il devrait être uniquement concentré sur la vente du vignoble familial situé en Toscane, voilà qu'il multiplie les actes irréfléchis et impulsifs. Comme cette nuit qu'il a passée avec Sylvie, sa meilleure amie ! Une nuit fabuleuse et qui n'a pas été sans conséquence. En effet, Sylvie attend un enfant de lui…

Une vengeance sicilienne, de Michelle Smart - N°4330

SÉRIE : *LES ÉPOUX DE SICILE* - 1/2

Claudia Buscetta est sur un petit nuage. Elle s'est mariée avec Ciro Trapani, un Sicilien éblouissant – l'homme de ses rêves. Après une sublime nuit de noces, elle déchante toutefois. Car son tout nouvel époux lui révèle qu'il l'a choisie à dessein – non pas parce qu'il l'aime, mais pour venger son père ruiné par celui de Claudia ! Désespérée par cette trahison, Claudia se résout à quitter Ciro pour mieux l'oublier. Mais, alors qu'elle tente de lui échapper, elle se découvre enceinte…

Aliyah, princesse captive, d'Elisa Marshall - N°4331

SÉRIE : *L'HÉRITAGE DES SABLES* - 1/3

C'est le grand jour, pour Aliyah : dans quelques heures, elle deviendra la sultane de Zmelâa ! Hélas, alors qu'elle se prépare à ce grand événement, elle est brusquement enlevée par Malek, son garde du corps dont elle est follement amoureuse. Trahie par le seul homme en qui elle a placé sa confiance, Aliyah est conduite dans une oasis perdue au milieu des dunes où elle est retenue captive. Hors les remparts du palais, elle découvre alors sa vulnérabilité et la passion dans les bras de celui qui est à la fois son protecteur et son geôlier…

Royale attirance, de Rebecca Winters - N°4332

SÉRIE : *PRINCESSES ET MARIÉES* - 2/3

Jamais la princesse Donetta n'a oublié son premier et unique amour – le prince héritier Enrico di Montedoro, avec qui elle partageait la passion de l'équitation. Alors que tous deux s'adoraient, ils ont dû se séparer, hélas, en raison du conflit qui opposait leurs familles respectives. Le revoir aujourd'hui lui cause un choc d'autant plus grand qu'Enrico lui demande de l'épouser. Cette fois pourtant, il n'est plus question de sentiments entre eux mais d'une union de pure convenance. Donetta pourra-t-elle s'en satisfaire, alors que son cœur bat toujours aussi fort pour Enrico ?

Un contrat sous haute tension, de Lynne Graham - N°4333

Ella n'a qu'une seule chose en commun avec Aristandros Xenakis : Calliope, sa petite nièce orpheline. La fille de sa sœur décédée, dont Aristandros a obtenu la garde par testament. Hormis ce point de convergence, elle le hait depuis la dispute qui a causé leur séparation, sept ans plus tôt. Mais, si vivre avec lui et devenir l'une de ces créatures superficielles qu'il affectionne tant est le seul moyen de veiller sur le bonheur de sa nièce chérie, il n'y a pas à hésiter. Elle devra l'accepter, emménager avec lui et supporter sa présence. Il ne la rassure que sur un point : elle ne sera pas contrainte de partager son intimité physique. Du moins, tant qu'elle n'en fera pas la demande explicite…